妖華八犬伝
天の巻

特選
時代
小説

鳴海 丈

廣済堂文庫

目次

第一章　宝珠転生《ほうじゅてんせい》

一

　夜分《やぶん》――出雲京四郎《いずもきょうしろう》が、浪人儒学者《ろうにんじゅがくしゃ》である父親の修理之介《しゅりのすけ》に呼ばれて、おびただしい数の書物が置かれた書斎へ入ると、

「京四郎。そなた、女を識《し》っておるか」

　角張《かくば》った顎《あご》に白髪《しらが》交じりの髭《ひげ》を生やした修理之介は、いかめしい顔つきのまま、静かに問うた。

「父上、おたわむれを」

　京四郎は微笑する。

「この京四郎、幼い頃《ころ》より父上に四書五経《ししょごきょう》をご講義いただき、七歳にして天眼《てんげん》一刀流柴崎《いっとうりゅうしばさき》道場に入門し、文武の両道を究《きわ》めんがために、これまで一途《いちず》に精進《しょうじん》

して参《まい》りました。女人《にょにん》の肌など、触《ふ》れたこともございませぬ」

出雲京四郎は長身で一見、痩《や》せ型だが、裸《はだか》になると、骨太で分厚い筋肉に覆《おお》われた軍馬《ぐんば》のように逞《たくま》しい肉体である。

目鼻立ちは秀麗《しゅうれい》だが、固く引き結んだ唇《くちびる》が余分な甘さを打ち消して、男らしい容貌《ようぼう》であった。伸ばした前髪が一房《ひとふさ》、右眉《まゆ》の上に落ちている。

年齢は二十三歳――この時代の平均寿命が一説には三十代半ばというから、現代の感覚でいえば、二十代後半から三十代初めであろう。

端座《たんざ》した京四郎の姿は自然で、四肢《しし》の位置や体重の配分に少しの無理もなく、しっかりと重心が定まっている。そのくせ、何か事あらば、寸秒《すんびょう》の遅れもなく攻撃の態勢になる柔軟性をも秘めていた。

兵法者《ひょうほうしゃ》として、洋々《ようよう》たる成長の過程にある若者の姿であった。

「なるほど。これは、わしが迂闊《うかつ》であった」

修理之介は、珍しくも苦笑を見せて、

「実は、夜更《よふ》けに済《す》まぬが、使いに行って欲しい。手紙を届けてもらいたいのだ」

「わかりました。届け先は、どちらでしょう」

すでに、亥《い》の上刻《じょうこく》——午後十時過ぎ。深夜である。だが、京四郎は、「届けるのは、明日の朝ではいけませんか」などとは言わない。

尊敬する父が、深夜に届けろと言うのだから、それだけ急を要する大事な手紙なのであろう。下男《げなん》の久作《きゅうさく》は、息子夫婦に初孫が生まれたので、二日前から川《かわ》口《ぐち》へ行っているから、届けに行くのは自分しかいないのだ。

浅草福井町《あさくさふくいちょう》にある一戸建ての借家、そこに京四郎は父と二人で住んでいる。祖父の桟右衛門《さんえもん》は、西国の方柳藩《かたやぎはん》の藩士であったが、汚職に手を染めていた上司と喧嘩《けんか》して浪人となったのだという。以来、三代続いた浪人暮らしである。

幸いにも、出雲桟右衛門に貯《たくわ》えがあったのと、息子の修理之介が儒学者として名声を得て、大身旗本《たいしんはたもと》や大名からの講義の依頼が絶えないような状況だから、生活の苦労はなかった。

すでに祖父はなく、母の貴代《きよ》は五年前に病没したが、浪人渡世《とせい》三代目の京四郎は、仕官《しかん》して出雲家を再興するために、日夜、剣と勉学に打ちこんでいるのだ。

「うむ。本所業平橋《ほんじょなりひらばし》の先、押上村《おしあげむら》に嘉納道庵《かのうどうあん》殿という医師が住んでおられる。常照寺《じょうしょうじ》の門の真向かいの家だから、深夜でもわかるはずだ。その道庵殿にな、わしからだと言って、これを渡してくれ」

「承知いたしました」

「御改革のせいというわけではないが、近頃の江戸《えど》も物騒になった。そなたの腕なら心配はないと思うが、まず用心してくれ」

元文《げんぶん》四年——西暦《せいれき》一七三九年、八代将軍吉宗《よしむね》の治世《ちせい》である。

庶民の奢侈《しゃし》を戒《いまし》め、倹約《けんやく》を奨励《しょうれい》し、疲弊《ひへい》した幕府《ばくふ》経済を立て直すための〈享《きょう》保《ほう》の改革〉を断行した吉宗であったが、その結果は、はかばかしくなかった。

特に、農民階級は、改革前よりもさらに貧窮《ひんきゅう》し、各地で飢饉《ききん》と一揆《いっき》が勃発《ぼっぱつ》する有様《ありさま》であった。

さらに今年に入ってから、江戸では若い娘が理由もなく出奔《しゅっぽん》する事件が続発し、その数は三十人とも四十人ともいわれている。

「心いたします」

そう言って、支度《したく》をした京四郎は、家を出た。

如月《きさらぎ》の半月が、八百八町《はっぴゃくやちょう》の街並を淡《あわ》く照らし出している。

木綿《もめん》の袴《はかま》姿の京四郎は、蔵前通《くらまえどお》りを下って、浅草《あさくさ》橋を渡ると左へ曲がり、大《おお》川《かわ》に架《か》かる両国橋《りょうごくばし》を渡った。

両国橋は長さ九十六間《けん》、幅は四間、さすがにこの時間では、渡っているのは京四郎だけだ。

そして、大川の東岸を北へ向かう。福井町の家を出た時と全《まった》く変わらぬ歩調で足を進め、本所中之郷へ入った。

この辺《あた》り——横川《よこかわ》の沿岸には、瓦師《かわらし》や焼物師が多数住んでいるので、中之郷瓦町と呼ばれていた。

火を使う稼業《かぎょう》だから、家と家との間隔は広く、夜更けなので、さらに、うら寂《さび》しい感じがする。

「む……」

京四郎は足を止めた。どこからか、女の悲鳴が聞こえたからだ。

二

出雲京四郎は、悲鳴の聞こえた方向へ走った。

黒板塀《くろいたべい》の角を曲がると、道の片側に竹林が広がっている。その竹林の中へ、浪人者が二人で、女を連れこもうとしていた。

「待たれいっ」

京四郎は一喝《いっかつ》した。腸《はらわた》に響《ひび》くような声であった。

「お主《ぬし》たち、その女性《にょしょう》をどうする気だっ」

「うるさいっ」

浪人者の一人が、喚《わめ》いた。不健康に浮腫《むく》んだ丸顔で、不精髭《ぶしょうひげ》を伸ばしている。

「貴様などの知ったことではないわっ」

もう一人も、吐き捨てるように言う。こいつは大柄《おおがら》で、肩幅が異様に広い。二人とも、垢《あか》じみた恰好《かっこう》をしていた。

「深夜に、厭《いや》がる女を無理矢理に連れ去ろうとし、釈明《しゃくめい》を求める私に罵詈雑言《ばりぞうごん》を浴びせかける……どうやら、理由《ひ》を聞くまでもなく、非はお主たちにあると決まったな」

静かに言った京四郎は、手にしていた提灯《ちょうちん》を、近くの常夜灯《じょうやとう》に掛けた。

父に命じられた用事の途中ではあるが、京四郎の若さと正義感が、女相手の無法な振舞《ふるまい》を看過《かんか》することを許さぬ。

「や、やる気かっ」

二人は、女を突き飛ばすと、腰の大刀《だいとう》を引き抜いた。丸顔の浪人が、その切っ先を女の目の前に突きつけて、

「逃げるなよ。逃げたら、ぶった斬《ぎ》るからなっ」

「は、はい……」

女は震《ふる》えながら、がくがくと頷《うなず》く。三十前であろう。髪型や身形《みなり》からして、武家の人妻らしい。

卵《たまご》のような細面《ほそおもて》の美人だが、今は、蒼白《そうはく》になって引きつっている。膝前《ひざまえ》が乱れ、常夜灯に照らされて、脂《あぶら》がのった白い内腿《うちもも》までもが仄見《ほのみ》えた。

恐怖にかられた女が、前後の見境《みさかい》なく下手《へた》な動きを見せたら、頭に血の上っている浪人どもは、本当に刀を振るってしまうだろう。

だから、京四郎は、丸顔の奴《やつ》の注意をこちらに向けるために、

「参る！」

そう言いながら親指で大刀の鯉口《こいぐち》を切り、左足を一歩前に踏み出した。

「むっ」

二人は、あわてて剣を構え直す。

「この女を連れていきゃあ、結構な金になるんだっ」

「邪魔《じゃま》されてたまるかっ」

京四郎は、ゆっくりと大刀を抜き放つと、正眼《せいがん》にとった。距離は四間――七・

二メートルほどだ。

こちらから見て、丸顔が右側、大柄な奴が左側に位置している。

深夜、人《ひと》けのない路上で、しかも二人を相手の真剣の立合《たちあい》だが、恐怖は感じない。

その構えを見れば、じりっじりっ……と迫ってくる二人の浪人の腕前が、自分よりもかなり劣るものだとわかる。

彼らが目を吊《つ》り上げて顔面の筋肉を痙攣《けいれん》させているのを見ると、さらに、京四郎の心に余裕が生まれた。

（――勝てる）

気迫が全身に漲《みなぎ》るのを感じながら、京四郎は、すっ……と切っ先を下げた。

それにつられて、丸顔の浪人が、絞め殺される鶏《にわとり》のような叫びとともに、諸《もろ》手突《てづ》きで駆けこんできた。

そいつの大刀を横へ引《ひ》っ払《ぱら》うと、京四郎は峰《みね》を返して、伸び切った腕を強打する。

「ぎゃっ」

丸顔の浪人は、大刀を放り出して悲鳴を上げた。右の前腕部の骨を、微塵《みじん》に砕《くだ》かれたのだ。

自分の想定の通りに相手を捌《さば》くことができたのが、京四郎は嬉《うれ》しかった。すれ違いざまに、相手のひどい口臭さえ、きちんと嗅《か》ぎとることができたのである。

剣を大上段《だいじょうだん》に振りかぶった大柄な浪人が突進してくるのを、視界の隅《すみ》に見ながら、京四郎は左へ向き直った。

「うおおォォっ！」

獣物《けだもの》のように吠《ほ》えながら、その浪人は、岩山をも断つ勢いで大刀を振り下ろす。

京四郎は、それを自分の剣で受け止めた。

「うっ」

腰が、わずかに泳いだ。相手の撃ちこみが、彼の予想以上に強かったのである。

さらに、大柄な浪人は、ぎりっと力まかせに剣を押し下げてきた。

このままで態勢を立て直すために足の位置を変えようとすれば、その隙《すき》に力負けしそうな状況であった。だから、京四郎は斜め後方へ跳んで、相手の刀から逃れる。

目標を失った大柄な浪人の大刀は、真下へ流れた――が、そいつは素早く刃《やいば》を返すと、跳躍した京四郎の肩口へ斬り上げた。喉《のど》の奥から、心《しん》の臓《ぞう》が飛び出しそうになる。

「っ！」

かわしたつもりだったが、左の上膊部《じょうはくぶ》に、ひやりとした感覚が走った。が、京四郎も、ほぼ同時に、右手の剣を掬《すく》い上げるように振るっていた。

未知の手応《てごた》えがあった。竹や巻藁《まきわら》の試《ため》し斬りでは経験したことのない、異様な手応えであった。

大刀を握ったままの浪人の右腕が、くるっと回転しながら吹っ飛ぶ。その腕は、肘《ひじ》の部分から切断されていた。

切断面から血飛沫《ちしぶき》を振り撒《ま》きながら、浪人の前腕部は地面に落ちる。落ちてもまだ、五指は柄《つか》を握ったままであった。

「お…俺《おれ》の腕が……」

躯《からだ》を左に傾《かし》がせて、肘の部分から鮮血を迸《ほとばし》らせながら、大柄な浪人は喘《あえ》いだ。

すでに、丸顔の方は、左手で大刀を拾って逃げ出している。

それに気づいた大柄な浪人は、袂《たもと》で傷口を包むようにして、逃走した。捨て台詞《ぜりふ》を吐《は》くような余裕すらない。

（きちんと血止めもせずに、あのように走っては、三町《ちょう》と行かぬうちに失血死するのではないか……）

京四郎は、ぼんやりと、そう考えた。ふと気づくと、血刀を下げたままであった。

懐紙《かいし》で拭《ぬぐ》いをかけると、納刀《のうとう》する。その頃になって、ようやく、左の上膊部に痛みを覚えた。

見ると、着物の袖《そで》と肌襦袢《はだじゅばん》が斬り裂かれて、剝《む》き出《だ》しになった肌に血が滲《にじ》んでいる。

「お…お怪我《けが》をなされたのですかっ」

女が、もつれるような足取りで、京四郎の方へ駆け寄ってくる。

「大したことはありません」

そう言いながらも、京四郎は己《おの》れの全身から、どっと脂汗《あぶらあせ》が噴き出すのを感じていた。

「でも、血が……あの、わたくしの家が、この竹林の向こうにございます。お手当てを、させてくださいませ」

「いや、私は、用事の途中ですから」

「こんな夜中に、どちらに行かれるのかは存じませんが、そのような有様で訪ねられると、先様《さきさま》でも驚かれましょう。家へおいでくだされば、応急にでも繕《つくろ》わせていただきますゆえ、どうぞ」

熱心に勧《すす》める女の頰《ほお》は、危難から救われた歓《よろこ》びと興奮のためか、ほのかに色づいている。凄《すご》いほどの艶《つや》っぽさだ。

京四郎が、それでも迷っていると、女は目を伏せて、

「それに……勝手を申すようでございますが、今の者たちの仲間が、また押しかけてこないとも限りませんし……」

「なるほど。それはそうですな」

京四郎は、女に提灯を渡して、家へ案内してもらうことにした。大柄な浪人の残した右腕と大刀は、往来に転がしたままでは通行人が驚くだろうから、繁《しげ》みの中に置いておく。

竹林の中の道をゆくと、夜風に撫《な》でられた笹《ささ》の葉が、さらさらと音を立てる。

「申し遅れました。わたくし、浪人浦辺弥吾郎《うらべやごろう》の妻で、浅乃《あさの》と申します」

京四郎も、自分の姓名を名乗った。

「あの浪人たちは、浅乃殿を、どこかへ連れていこうとしていたようだが」

さすがに、その前に竹林の中へ連れこんで輪姦《りんかん》するつもりだったのでは——と

は訊《き》きにくい。

「……その仔細《しさい》は、家でゆっくりと」

浅乃も、言葉少なに、そう答える。

生垣《いけがき》に囲まれた割と大きな家に着くと、そこには誰《だれ》もいなかった。夫の弥吾郎は昨年、病死し、浅乃は一人暮らしなのだという。

「後《のち》ほど詳《くわ》しい事情を申し上げますが、あの浪人たちは、亡《な》き夫がわたくしに大金を残していると誤解しているのでございます。それで、わたくしを……その手籠《てごめ》にして、その隠し場所を言わせようとしたのでしょう」

片肌脱ぐと、浅乃が甲斐甲斐《かいがい》しく傷の手当てをしながら、そう言った。熟《う》れた女の体温と脂粉《しふん》のにおいが、京四郎の鼻孔《びこう》をくすぐる。

江戸時代――庶民の娘は十四、五で嫁に行った。

十二までが〈少女〉で、十三から十八までが〈娘〉、十九からを〈女〉と呼ぶ。二十歳を過ぎると、気の毒にも〈年増《としま》〉と呼ばれてしまう。三十前の女性なら、〈大年増《おおとしま》〉という具合だ。

男子もまた、武家方《がた》でも町方でも、原則として十五歳で元服《げんぷく》――すなわち成人式を行なった。現代の成人式より、五年も早い。

その理由は、前《さき》にも述べた通り、平均寿命が三十代半ばといわれるほど短命だったからだ。医学が未発達だから、乳幼児の死亡率が異常に高く、特に男児は育ちにくいといわれた。

大人でも、輸血方法や抗生《こうせい》物質がないから、大怪我や大病をしたら、まず助からない。だから、神社仏閣へのお参りや民間信仰が盛んだったのである。

それゆえ、家の存続の観点からも、女性はなるべく早く結婚して、なるべく多くの子供を産むことが求められたのであった。

農村や漁村では、さらに早婚だった。地方では、都会よりも性生活が開《あ》けっ広げで子供が早熟《そうじゅく》になりやすかったし、労働力確保の観点から、代官所《だいかんしょ》の役人たちが積極的に早婚を奨励したからである。

当時の日本人だけが、特別に少女好みだったわけではない。ヴィクトリア朝のイギリスでも、女性の正式な結婚可能年齢は十二歳であった。

後には十三歳に改められたが、それが十四歳にまで引き上げられたのは、西暦一八七一年になってからであった。現在の十六歳に改められたのは、その十四年後の一八八五年である。

ちなみに、詩人で怪奇小説家のエドガー・アラン・ポーが結婚した相手は、十三歳の従姉妹《いとこ》ヴァージニアであった。アメリカでも、十九世紀末の平均寿命は三十五歳といわれ、ポーも四十歳で亡くなっている。

したがって――現代人の感覚で、この時代に生きる人々の心情や行動を理解するためには、実年齢に五歳から十歳、上乗せする必要があるだろう。

後家の浅乃は二十九歳だというから、今の感覚だと、三十四歳から三十九歳くらいということになる。

「わたくしが、お召物《めしもの》の繕いをしている間、これでも召し上がってくださいませ」

肌襦袢姿で待っている京四郎の前に、酒と漬物《つけもの》の簡単な膳《ぜん》が置かれた。

「では、遠慮なく頂戴《ちょうだい》します」

普段は、ほとんど酒を飲まぬ京四郎であったが、さすがに今宵《こよい》だけは欲しくなった。

生まれて初めて、真剣で命の遣《や》り取《と》りをしたのである。しかも、慢心《まんしん》ゆえに、明らかに格下の相手に敗《やぶ》れそうになったのだ。

返し太刀《たち》に左腕をかすめられた時の感覚を思い出すと、胃の腑《いふ》が、ぎゅっとねじれそうになる。さらに、即死させたわけではないが、人間の腕を切断した手応えが、手の内に生々しく残っているのだ。

（私は、まだまだ未熟だ……柴崎先生に鍛《きた》え直していただかねば）

二杯、三杯と杯を重ねていると、急に瞼《まぶた》が重くなってきた。

飲みすぎというほどではないはずだが――と思っているうちに、目の前が暗くなって、京四郎は闇《やみ》の褥《しとね》に吸いこまれてゆく……。

三

出雲京四郎は夢を見ていた。

自分の軀が、乳白色《にゅうはくしょく》の靄《もや》の中に仰向《あおむ》けに浮かんでいる夢であった。下帯《したおび》さえも身につけぬ丸裸の状態で、羊水《ようすい》の中の胎児《たいじ》のように漂《ただよ》っている。

自分の中の意識と外界の靄との間《はざま》の境界が曖昧《あいまい》で、肌の一部が靄の中に溶けこんでいるような、そんな不可思議な心地よさを覚えた。

と……不意に、腰椎《ようつい》の先端から熱い波動が生じた。その波動は、腰全体に波及する。同時に、むず痒《がゆ》いような、くすぐったいような感覚を、己れの股間《こかん》に覚えた。

見ると、下腹部を紅色《べに》の雲のようなものが覆っている。その雲は、螢《ほたる》のように内部から発光し、明滅していた。

その紅色の光の明滅に同調して、腰椎からの熱い波が全身へ広がってゆく。これまでに経験したことのない甘美《かんび》な快楽《かいらく》に、京四郎は、思わず呻《うめ》き声を発した。

「む……」

自分の呻き声によって、京四郎は目覚めた。そして、夢の中と同じように全裸で仰臥《ぎょうが》していることを、ぼんやりと知った。夜具の上である。

まだ夢遊感から醒《さ》めぬ朦朧《もうろう》とした意識の中で、股間の奇妙な感覚は現実のものであると気づいた。苦労して重い頭をもたげると、己れの下腹部に顔を埋めている者がいる。

浅乃であった。

先ほどと同じ座敷だ。行灯《あんどん》の光に照らされて、緋《ひ》色の肌襦袢姿の浅乃が、広げられた京四郎の下肢の間に蹲《うずくま》り、淫《みだ》らにも彼の肉根に舌を這《は》わせているのであった。京四郎のそれは、隆々《りゅうりゅう》と聳《そび》え立っている。

「浅乃殿……な…何をするっ」

もつれる舌で、京四郎は問いかけた。問いかけながらも、頭の隅では、先ほどの酒に何かの薬が混ぜてあったのだ——と考える。

「何もご心配なさることはございませぬ、京四郎様」

顔を上げた浅乃は、妖艶《ようえん》な微笑を浮かべた。

「これは男と女の秘事《ひめごと》……ああ、凄い……わたくし、こんな立派な逸物《いちもつ》は見たことがございませぬ。太くて長くて、普通の殿方《とのがた》のものより、たっぷりと二倍はございます。太すぎて、わたくしの指ではとても握り切れませぬ。しかも、石のように硬くて、粘土の塊《かたまり》のように弾力があって……」

玉冠部《ぎょっかん》の先端に頬ずりをしながら、浅乃が、うっとりとした声で言う。

「この頭も、笠《かさ》が開いて見事《みごと》に鰓《えら》の張ったもの……それに、無数の女相手に使いこんで淫水焼《いんすいや》けしたような茄子《なすび》色で、これこそ世にいう紫雁高《むらさきかりだか》の名品でございますわ。貴方《あなた》様のような美しい殿方の、こんな素晴らしい逸物の筆下《ふでお》ろしができるなんて、わたくし、女冥利《おんなみょうり》に尽《つ》きます」

話している時は、肉根の根元の玉袋を掌《てのひら》で撫でるようにして、少しの間も快楽が途切れないようにしている浅乃であった。京四郎は、その絶妙な淫戯に翻弄《ほんろう》されながらも、必死で自制心を取り戻そうとする。

「武家の末亡人ともあろう者が……出会ったばかりの私に左様《さよう》な淫猥《いんわい》な真似《まね》をなさるは……亡き夫君に対する冒瀆《ぼうとく》……ううっ」

意に反して、京四郎は喜悦《きえつ》の呻きを上げた。男根の中で最も敏感である王冠の縁《ふち》の下のくびれを、女の舌先が抉《えぐ》るように刺激したからだ。

「驚きましたわ、京四郎様。唐渡《からわた》りの媚薬《びやく》の夢幻湯《むげんとう》を服しながらも、そのように強い意志を保っていらっしゃるとは」

「夢幻湯……あの酒の中に……一体何のためにそのようなことを」

軀を起こそうとしたが、十日も絶食したかのように、腹筋や両腕にまるで力が入らない。

「無礼の段は後《のち》ほど幾重《いくえ》にもお詫《わ》びいたしますゆえ……今は心穏《こころおだ》やかに、わたくしめの舌戯《ぜつぎ》を、ご堪能《たんのう》くださいませ」

そう言って、浅乃は、巨砲の先端を口に含んだ。そして、長大な肉茎《にくけい》の半分以上を呑《の》む。温《あたた》かく濡《ぬ》れた年増女の口腔粘膜《こうこうねんまく》の感触と、その中で躍る舌の巧みな愛撫《あいぶ》は、まさに羽化登仙《うかとうせん》の味わいである。

京四郎は、自分の内部に途方もなく熱い真っ赤な炎を感じた。その炎は、怒れる虎《とら》のように荒れ狂い、出口を求めて全身を駆け巡っていた。

そして、浅乃が窄《すぼ》めた唇で、玉冠の下のくびれを締めつけ、上下にしごき立てると、ついに、その炎は唯一の脱出孔《こう》を突き破った。

「おおっ」

生まれてから一度も経験したことのない灼熱《しゃくねつ》の悦楽が、腰椎から背骨を貫《つらぬ》いて脳天にまで達した。京四郎は、自分の肉体の一部が本当に弾《はじ》けたのではないか——と思った。

が、痛みはなく、どくっどくっ……と何かが男根の中を流れて痺《しび》れるような快感が持続する。

思わず、京四郎は溜息《ためいき》をついた。先ほどまで燃え狂っていた猛火は消えて、ただ蜜柑《みかん》色に光る熾《おき》のようなものが、軀の芯《しん》に残っているだけであった。

全身の筋肉が弛緩《しかん》して、糖蜜《とうみつ》のような疲労感に満たされる。

「美味《おい》しい……」

唇を放した浅乃は、満足そうに呟《つぶや》いた。

「こんなにたくさん出したのに……まだ、硬くて巨《おお》きいままなのね。嬉しいわ」

「そなた……私の小水《しょうすい》を飲んだのか」

「え？」

女は言葉の意味がわかりかねたようだが、すぐに気づいて、

「あらまあ……おほほほ。京四郎様は失禁《しっきん》したのではございません。精《せい》を放たれ

たのです。ええ、わたくし、悦《よろこ》んで飲ませていただきました。とっても濃くて、たっぷりと量もあって、美味しゅうございましたよ」

青草を潰《つぶ》したようなにおいが、座敷の中に広がっていた。それは、京四郎が放った濃厚な聖液のにおいであった。

「わたくしは、京四郎様のものなら、お小水でも悦んで飲ませていただきますわ」

女は、京四郎には信じられぬことをさらりと言って、

「貴方様は、精を放つのが初めてなのですね。手淫《しゅいん》…自分の手で、この立派なものを握って擦《こす》ったことはございませんの」

「そんな卑しい真似はせぬ」

「うふふ……」

浅乃は、まだ精が滲み出している玉冠の切れこみを、ぺろりと一舐《ひとな》めした。

そこは、先ほどの射出で敏感になっているので、くすぐったい。だが、浅乃は、肉茎をしごいて、導管の内部に残留していた聖液の最後の一滴までも啜《すす》りこんだ。

そして、口元を桜紙《さくらがみ》で、そっと拭う。

「でも、血気盛んなお年頃なのですから、夜中に夜具の中で、何か軀の奥がもやもやとして、居ても立ってもいられなくなったことはございましょう」

「そういう時は、起きて井戸水を被《かぶ》り、庭で素振りをするのだ。そうすれば、邪心は晴れる」

京四郎は気怠《けだる》げに言う。

「どんなに我慢しても、月に一度か二度くらいは、眠っている間に下帯を汚したことがありましょうに」

「そ、それは……下男の久作が始末をしてくれた。久作は、軀の中の悪い毒が貯《た》まると自然と外へ流れ出るのだと…言っていた」

正気の時なら、絶対に他人には打ち明けない秘密を、京四郎は口にしてしまった。

「感心な下男だこと」

浅乃は、指が触れるか触れないかの微妙な愛撫を、男の玉袋にほどこしながら、

「ですが、京四郎様は、こんなに立派なものをもっていらっしゃるのだから、男と女の交わりについて、きちんと知っておかねばなりません」

「道場で仲間たちが話しているから、女と同衾《どうきん》すれば、子供ができるくらいのことは知っている……だが……私は兵法者だ。剣の道を究めんとする者に…女は不要だ」

「いいえ」

きっぱりと、浅乃は言った。

「今より、わたくしは貴方様と契《ちぎ》らせていただきます。それが、貴方様の御為《おんため》なのです」

四

躯を起こした浅乃は、緋色の肌襦袢を肩から滑《すべ》り落とした。

乳房《ちぶさ》は大きく、臀《しり》も豊かであった。下腹部の繁みは豊饒《ほうじょう》で、逆三角形で面積も広い。その繁みの中から、発達した赤紫色の花弁が顔を覗《のぞ》かせている。

浅乃は、爪先《つまさき》立ちで京四郎の腰を跨《また》ぐと、排泄時《はいせつじ》のような恰好でしゃがみこんだ。

そして、右手で彼の男根を逆手に持ち、左手の二指で花弁を開いて、その中に肉柱の先端を導《みちび》く。

花園の内部は、たっぷりと蜜をたたえていた。ゆっくりと臀を下ろして、己れの花孔に茄子色の巨砲の挿入《そうにゅう》を開始する。

「んん……っ」

浅乃は、目を閉じて唇を噛《か》んだ。十分に成熟した肉体の持ち主である彼女にとっても、出雲京四郎の生殖器は巨大すぎたのであろう。

ついに、丸々と膨《ふく》れ上がった玉冠部が奥の院に達して、前進を阻《はば》まれる。まだ、肉茎の根元までは没入していない。

「ああ……い、いっぱい……いっぱいになってしまったっ」

京四郎の分厚い胸に両手を置いて、浅乃は喘いだ。まるで果実を握り潰したかのように、二人の結合部から透明な愛汁《あいじゅう》が大量に溢《あふ》れ出して、彼女の内腿や京四郎の下腹部を濡らしている。

「むむ……これが女人の中か……」

長大な生殖器のほとんどが、浅乃の蜜壺《みつつぼ》の中に呑みこまれていた。しかも、その肉壁の襞《ひだ》が、やわやわと彼のものを締めつけているのだ。

先ほどの口腔愛撫の時とも一味違う、表現しがたい快感であった。

一息ついた浅乃は、腰を動かし始める。花孔に抽送《ちゅうそう》を繰《く》り返す度《たび》に、肉襞に男根の表面を甘く摩擦されて、これが堪《たま》らない。

世の中には、こんな快楽があったのか——と京四郎は抵抗する気力も尽き果てて、その甘美なる渦《うず》に溺《おぼ》れたが、それは浅乃も同様であった。

「凄いっ、凄すぎますうっ……！」

白い豊満な臀を振りながら、年増女は、濡れた声で啜り哭《な》く。

「このような逸物は初めて……あふっ……子袋を突き破られそうなっ……ひいいィっ！」

両腕を男の胸に突っ張って上体を支えながら、浅乃は、汗まみれになって腰を律動《りつどう》させる。髪は乱れ、重たげに乳房が揺《ゆ》れていた。

挿入を果たしてからさほど時の経《た》たぬうちに、京四郎よりも先に、浅乃の方が絶頂に達してしまった。臀の動きが小刻みに速くなると、悲鳴のような叫びを上げて背中を反《そ》らせる。

きゅううっ……と蜜壺全体が締まって、肉襞が痙攣を起こした。そのため、京四郎も堰《せき》を開いて、熱湯のような聖液を勢いよく放つ。先ほど射出したばかりだというのに、驚くべき量であった。

「……………」

浅乃は、京四郎の胸に倒れこむと、その唇を求めた。舌を入れてくる。己れのにおいも気にせずに、京四郎は舌を絡《から》めた。

しばらくの間、無言で、互いの唾液《だえき》を吸い合う。彼の胸と女の乳房が擦れて、ぬちゃぬちゃと汗が音を立てた。その間にも、浅乃の女壺は、散発的な痙攣を繰り返していた。

やがて、汗が冷たくなってくると、浅乃は大儀《たいぎ》そうに軀を起こして、桜紙を結合部にあてがった。腰を引いて、男根を引き抜く。

媚薬の効用か、京四郎の精力が異常に強いのか、まだ軟《やわ》らかくはなっていない。

浅乃は肌襦袢を引っ掛けると、用意してあった手拭いで、京四郎の全身を拭った。特に下腹部は、盥《たらい》のぬるま湯にひたした手拭いで、丁寧《ていねい》に拭う。

無言で、それを行なったのは、快楽の余韻《よいん》を味わっているためであろう。

それから、京四郎に上掛けをかけ、盥をもって立ち上がると、

「湯で綺麗《きれい》にしてきますから、少しお待ちになってくださいな」

そう言う浅乃の眼差《まなざ》しには、何ともいえぬ色気があった。他人ではなくなった女に特有の媚《こび》が含まれている。

彼女が湯殿《ゆどの》の方へ行くと、虚脱《きょだつ》したように天井を眺めていた京四郎は、何となく頭を右へ向けた。

座敷の隅に、きちんとたたんだ着物や袴と下着などが置かれていた。そして刀

掛けには彼の大小が掛けてある。

「っ!!」

それを見た瞬間、出雲京四郎は怒りのあまり、全身の血が逆流するのを感じた。考えるよりも先に、軀を起こしていた。驚いたことに、軀を動かすことができたのだ。激怒のために、神経と筋肉に活《かっ》が入ったのかも知れない。

京四郎は下帯を締めて、肌襦袢を着た。それから、夜具をたたんで隅に置くと、畳《たたみ》を一枚、裏返しにする。

たたんだままの着物の上に、父から渡された手紙を置くと、脇差《わきざし》と懐紙を手にした。そこへ、浅乃が戻ってきた。京四郎の様子を見て、驚く。

「な、何をなさいますっ、京四郎様!」

「腹を切る」

裏返しの畳の上に座った京四郎は、きっぱりと言った。

「私は父上の大事な使いの途中に、事もあろうに行きずりの女人と交わり、それに溺れた。媚薬の効用など、心正しければ、何ほどのこともなかったはず。つまりは、私が未熟だったのだ。父上へのお詫びに、私は切腹する」

驚愕《きょうがく》のあまり口がきけないでいる浅乃の方を向いて、

「そこに手紙がある。私の最期《さいご》を見届けたら、常照寺の門前の嘉納道庵という御《お》方《かた》の家へ届けてくれ。頼むぞ」

「お…お待ちくださいっ」

浅乃は、京四郎の肩にすがりついた。

「それなら、切腹なさるくらいなら、元凶《げんきょう》のこのわたくしを斬って！」

「この出雲京四郎、女人を斬る剣は持たぬ」

そう言って、浅乃の手を振り払った。

肌襦袢の前をくつろげると、脇差の刃に懐紙を巻く。その脇差を逆手に握ると、何の躊躇《ちゅうちょ》もなく、剝き出しになった腹にあてがった。

自分でも驚くほど迷いがなく、精神が澄《す》みきっている。

「ああ……京四郎様、本当のことを申し上げますっ、実は…」

その時、

「待て、京四郎っ！」

襖《ふすま》の向こうから、聞き覚えのある声がかかった。さっと襖が開く。

そこに立っている人物を見て、さすがの京四郎も、度胆《どぎも》を抜かれた。

「ち…父上っ!?」

五

「今夜のことは全《すべ》て、このわしが仕組んだこと。その理由を、そなたに申し聞かそう」

身繕いをして落ち着いた京四郎に向かって、出雲修理之介は言った。

「我らはな、実は、百二十年前にお取り潰しになった安房里見家《あわさとみ》の重臣の末裔《まつえい》なのじゃ」

「何ですとっ⁉」

「我が父桟右衛門が元方柳藩士というは、真っ赤な偽《いつわ》り。里見家の金山城留守居役《かなやまじょうるすいやく》の窪田志摩之介《くぼたしまのすけ》が、我らのご先祖。出雲は、志摩之介の母方の姓でな。まずは、そのお取り潰しの仔細から語らねばなるまい――」

室町《むろまち》時代中期に、初代の里見義実《よしざね》が安房を征服してから、里見一族は着々と勢力を拡大し、一時は、房総半島のほとんどを掌中《しょうちゅう》に収めた。

ところが、小田原《おだわら》攻めの時に遅参《ちさん》して、豊臣秀吉《とよとみひでよし》の怒りを買い、上総下総《かずさしもうさ》を召し上げられて、領地は安房一国の九万二千石に戻ってしまった。

その恨みもあってか、関ケ原《せきがはら》の合戦の時には東軍の徳川《とくがわ》方で奮闘し、その戦功《ごく》により鹿島郡《かしまぐん》三万石を与えられて、合計十二万二千石となったのである。

慶長《けいちょう》八年に、第九代当主・義兼が死亡すると、まだ十歳の嫡男《ちゃくなん》・梅鶴丸《うめつるまる》が後継者となり、三年後に元服した時に、将軍秀忠《ひでただ》の一字を貰《もら》って忠義《ただよし》と名乗った。

また、慶長十六年には、徳川幕府の重鎮《じゅうちん》・大久保相模守忠隣《おおくぼさがみのかみただちか》の孫娘を正室《せいしつ》にした。

この辺りまでは順風満帆《じゅんぷうまんぱん》であったが、慶長十九年一月、大久保忠隣が改易《かいえき》されるや、里見家の運命は一変したのである。

忠隣の改易は、金山総奉行《きんざんそうぶぎょう》であった大久保長安《ながやす》の不正蓄財が没後に発覚し、それに連座したためであった。

謀反《むほん》の疑いもあったというが、これは、忠隣の政敵であった謀略家・本多佐渡守正信《ほんださどのかみまさのぶ》が無理に彼に着せた濡《ぬ》れ衣《ぎぬ》らしい。

同じ年の九月——里見忠義は、大久保忠隣の謀反に加担した疑いで、伯耆国《ほうきのくに》の倉吉《くらよし》三万石に国替《くにがえ》を命じられた。家老の正木大膳亮《まさきだいぜんのすけ》などが、懸命に幕府に弁明し、大御所《おおごしょ》の家康《いえやす》にまで陳情《ちんじょう》したものの、国替の決定は覆《くつがえ》らなかった。

仕方なく忠義は伯耆国へ移ったが、指定された土地は三万石とは程遠く、さらに元和《げんな》三年には、その領地さえも取り上げられて、伯耆国・田中《たなか》で百人扶持《ぶち》となった。

そして、里見忠義は元和八年、その地で寂しく亡くなったのである。二十九歳であった。

忠義と正室との間には女児が、配流《はいる》されてから側室《そくしつ》との間に三人の男児が生まれたが、いずれも早世《そうせい》し、ついに里見家は断絶したのである。

「――大久保一族への弾圧は、大坂《おおさか》攻めを前にした東照権現《とうしょうごんげん》家康公《こう》が、他《ほか》の大名に対して御公儀《ごこうぎ》の権威を見せつけるためだったといわれておる。その真意は何であるにせよ、十代続いた房総の名門里見家は、故《ゆえ》なくして取り潰され、館山《たてやま》城も十数日で取り壊されてしまったのだ。その領地は、今は天領となっておる」

「……………」

「一つだけ胸がすくことがあるとしたら、それは、一連の取り潰しに動いた本多正信の子の上野介正純《こうずけのすけまさずみ》が、俗にいう宇都宮釣天井《うつのみやつりてんじょう》の疑惑によって領地没収になったことよ。それはともかく……里見家が強大であったのは、領地内に良質の金山を持っておったからだ」

文安《ぶんあん》二年六月の金山城攻略に功のあった窪田太郎右衛門《たろうえもん》は、里見義実に、その金山城留守居役を命じられた。同時に、金山奉行として、八岡《ようか》海岸に面《めん》した簸上《ひかみ》金山をも任されたのだ。

太郎右衛門は、採掘した金の半分を館山城に送り、残りの半分をいざという時の軍資金として密《ひそ》かに貯えた。窪田家は代々、金山奉行を世襲して、この秘密軍資金管理を行なってきたのである。

ところが、窪田志摩之介の代になって、突如、里見家に国替が申し渡された。

この時、問題になったのは、里見家先祖代々が貯えてきた黄金である。

大久保忠隣の謀反に加担云々《うんぬん》は、もとより根も葉もない言いがかりにすぎないが、もしも秘密軍資金の存在が徳川幕府に知れたら、国替などという生易《なまやさ》しい処分では済むまい。

おそらく、里見一族は悉《ことごと》く死罪になろうし、重臣たちも無事ではなかろう。

家老の正木大膳亮と協議した窪田志摩之介は、藩主の忠義にも内緒で、大量の黄金を誰にも知られぬ場所に埋蔵した。幸いにも、その作業は幕府に知られずに済んだ。

そして、里見家の埋蔵金は、今も房総半島のどこかに眠っているのだ……。

「その黄金の総額は、時価にして百万両《りょう》といわれておる」

「百万両……」

「京四郎、そなたの使命とはな。埋蔵された金塊を見つけ出して、不当に取り潰された里見家を再興することなのだ」

「しかし、父上」

あまりにも壮大な話に、京四郎は、いささかたじろぎながら、

「再興と申されましたが、先ほど、里見家の血筋は絶えているとおっしゃいましたぞ」

「たしかに、忠義侯《こう》のお血筋は残らなかった……」

修理之介は、無念そうに目を伏せた。

「だが、忠義侯の御舎弟《ごしゃてい》の忠尭《ただたか》様のお血筋が今も続いていてな。その御方を、当主にお迎えして、御家を再興しようというわけだ。百万両があれば、幕閣の重臣方に多額の賄賂《まいない》が配れる。その賄賂の力で、御家再興を上様《うえさま》に認めていただくのじゃ。正当な手段とは言い難いが、里見家再興という崇高《すうこう》な目的のためには、それも止《や》むを得まい」

「ですが……その埋蔵金の隠し場所はわかっているのですか。何か、ご先祖が残

した地図でもあるのでしょうか」

「いや、それはない」

あっさりと、修理之介は言う。

「万が一にも御公儀に知られぬように、形のあるものは何も残してはいない。それどころか、口伝《くでん》すらも残っておらぬのだ」

「それでは、探しようがございませんな」

京四郎は当惑した。

「まさか、房総の山々を、一つずつ掘り返して歩くわけにも参りますまい」

「ははは、そうだな」修理之介は笑う。

「地図も口伝もないが――実は、こういう物がある」

懐《ふところ》から取り出した螺鈿《らでん》の箱を、修理之介は、息子の前に置いた。一礼して、蓋《ふた》を開く。

その箱の中に納められていたのは、美しい水晶の数珠《じゅず》であった。

見ると、繋がった百八の珠《たま》の中に、ほぼ等間隔で、文字を彫った珠が八つ交じっている。

「これはな、伏姫《ふせひめ》様の数珠なのだ」

六

仁《じん》・義《ぎ》・礼《れい》・智《ち》・忠《ちゅう》・信《しん》・孝《こう》・悌《てい》――水晶珠には、そう彫られている。

いや、よく見ると、彫られているのではなく、その文字は、珠の中心に浮かんでいるのであった。どういう技術を使えば、このような不思議な物ができるのか、京四郎には見当もつかない。

「何でございますか、これは。伏姫様と申されましたが」

「伏姫様は、里見義実侯の御長女じゃ。そして、里見八犬士《はっけんし》の産みの親でもある。里見八犬士とは、そも何ぞや。その謂《いわ》れを語ろう――」

室町時代中期――足利幕府の第五代将軍である義量《よしかず》が、在位わずか二年間、十九歳で病死した。

出家していた第四代将軍の義持《よしもち》が、大御所として政務にあたったものの、この義持も足の腫物《はれもの》が化膿《かのう》して死亡。

義持にも義量にも男児はなかったため、宿老会議の決定により、次の将軍は義持の四人の出家している弟の中から籤引《くじび》きで選ばれた。

当選（？）したのは、青蓮院義円《しょうれんいんぎえん》で、還俗《げんぞく》して義教《よしのり》と名乗り、将軍位に就《つ》いた。日本史上、他に例を見ない籤引き将軍の誕生である。

これに激怒したのが、鎌倉府《かまくらふ》の最高責任者である足利持氏《もちうじ》だった。

鎌倉府は、足利幕府の出先機関で、関東地方を治めている。初代の鎌倉公方《くぼう》は、室町幕府を開いた足利尊氏《たかうじ》の四男・基氏《もとうじ》だ。

以来、公方職は代々、基氏の子が世襲し、その勢力が拡大するにつれて、関東公方を自称するようになった。

持氏は、その関東公方の四代目であり、義量の死を知って、六代将軍の座を狙《ねら》っていた。それが、事もあろうに籤引きで将軍を決定したというのだから、ただでさえ、険悪であった室町将軍と関東公方の仲は、さらに悪化した。

そして、永享《えいきょう》十年——室町と関東の間に、合戦が始まったのである。

圧倒的な数の幕府軍を相手に、足利持氏と義久《よしひさ》の父子は健闘したが、数の差は如何《いかん》ともし難く、翌年には自害《じがい》に追いこまれた。

義久には三人の弟——春王丸《しゅんおうまる》・安王丸《あんおうまる》・永寿丸《えいじゅ》がいたが、春王丸と安王丸の二人は、下総に逃れて結城氏朝《ゆうきうじとも》に庇護《ひご》された。

　氏朝は、持氏軍の残党を集めて決起したが、これに参加したのが、清和源氏《せいわげんじ》の末裔で上野国里見郷の領主・里見季基《すえもと》と息子の又太郎《またたろう》義実である。

　だが、結城城は十万の幕府軍に包囲され、一年以上の籠城《ろうじょう》の果てに炎上。氏朝は自害し、春王丸たちは幕府軍に捕らえられて、美濃《みの》の樽井宿《たるいじゅく》で斬首《ざんしゅ》されてしまった。

　里見季基もまた、落城の時に討死したが、その直前、我が子の義実には「落ち延びて、必ずや里見家を再興せよ」と命じた。

　雲霞《うんか》のように押し寄せる幕府軍と戦って血路を開いた義実と家臣たちは、三浦海岸に辿《たど》り着いた。

「その時、一天俄《にわか》にかき曇り、激しい雷雨となったが、泡立つ波間から白光を放つ龍《りゅう》が出現し、南へと飛び去った。これを神仏の導きとみた義実侯は、船を用意させて、海路を南の土地──安房を目指したのじゃ」

　こうして白浜村島崎《しらはまむらしまざき》に到着した一行は、そこに白浜城を築き、里見義実は、房総半島で次第に勢力を拡大していった。

　そして、上総国椎津《しいづ》の城主・万里谷入道静蓮《まりやのにゅうどうじょうれん》の娘・五十子《いさらご》を娶《めと》った。この五十子と義実の間に生まれた美しい娘が、伏姫なのである。

さて、安房郡の洲崎明神《すさきみょうじん》は天比理乃咩命《あめのひりのめのみこと》を祀《まつ》っているが、その境内《けいだい》の養老寺《ようろうじ》は役行者《えんのぎょうじゃ》を開基《かいき》としていた。そして境内の奥には岩窟《がんくつ》があり、その中に、諸人の願いを叶《かな》えるという役行者の石像が安置されていた。

病弱な伏姫を心配した母の五十子は、我が子の無病息災《むびょうそくさい》を祈願し、伏姫が三歳になった時に、七日七晩の礼籠《れいごも》りをさせた。

その礼籠りからの帰途《きと》、不思議な白髪の老人が現れて、「禍福《かふく》はあざなえる縄《なわ》のごとしというが、そなたには、いつか大きな不幸が降りかかる。だが、それによって多くの者に幸福をもたらすことになるのだから、決して嘆《なげ》いてはならない」と語った。

そして、「生涯《しょうがい》の護身《まもり》とするがよい」と告げて、一対《つい》の水晶数珠を授けると、風のように立ち去ったのである。

「その一対の数珠の片方、五十子様が身につけていたものが、これだ」

出雲修理之介は、螺鈿の箱の中から水晶数珠を取り出して、京四郎に渡した。

「では、残りの数珠は、どうなったのか――」

役行者の霊験《れいげん》によるものか、伏姫は健《すこ》やかで聡明《そうめい》に育ち、十七歳になって、その典雅《てんが》な美貌《びぼう》は眩《まぶ》しいほどであった。家臣の金碗大輔孝徳《かなまりだいすけたかのり》という者が、許婚《いいなずけ》と決まった。

その伏姫に、常に付き従っているのは、軀に八つの黒い斑点《はんてん》のある巨犬・八房《やつふさ》であった。

だが、その年――突如、隣国の領主・安西景連《あんざいかげつら》の大軍が里見領に侵攻し、滝田《たきた》城を包囲したのである。

兵糧の尽きた里見軍が、最後の一戦を交えると決めた夜に、里見義実はたわむれに、八房に向かって「敵将・安西景連の首を獲《と》ってきたら、伏姫をお前にやろう」と言った。

すると、八房は身を翻《ひるがえ》して夜の闇の中に消え、しばらくして、戻ってきた。

その口には、血まみれの景連の首を咥《くわ》えて……。

大将を失った安西軍は恐慌《きょうこう》に陥《おちい》り、里見軍に敗れた。こうして、義実は、安房・朝夷《あさい》・長狭《ながさ》・平郡《へぐり》の四郡を領地とし、鎌倉公方を兼任する古河《こが》公方・足利成氏《しげうじ》から、安房の国主《こくしゅ》に任命されて、里見治部大輔《じぶだいふ》義実と名乗った。

だが、問題は八房との約定《やくじょう》である。

いかに忠犬といえども、獣物に我が愛娘《まなむすめ》はやれぬ――と、義実は槍《やり》で八房を突き殺そうとしたが、心優《こころやさ》しい伏姫は「たとえ、相手が犬であっても、一国の大守が約定を破っては、御政道《ごせいどう》が乱れます」と、自《みずか》らの人生を棄《す》てる覚悟《かくご》を明らかにした。

姫が、三歳の時から肌身離さず身につけていた水晶の数珠の文字は、いつの間にか、〈如《にょ》・是《ぜ》・畜《ちく》・生《しょう》・発《はつ》・菩《ぼ》・提《だい》・心《しん》〉に変わっていた。母の五十子の数珠も、同様であった。

号泣する義実夫婦に見送られ、伏姫を背に乗せた巨犬は、風のような速さで城から去り、富山《とみやま》の奥深くに分け入った。そこには、人の住んだ痕跡《こんせき》のある洞窟《どうくつ》があり、伏姫と八房は、その岩屋《いわや》で暮らすことになった。

親子の別れの時に、伏姫は自分の数珠を形見代わりに母の五十子に渡し、五十子は、自分の数珠を姫に与えていた。

日々、法華経《ほけきょう》を唱《とな》えて暮らし、八房の獣欲も御仏《みほとけ》の威光によって昇華《しょうか》されたかに見えたが、翌年、伏姫は、自分が身籠《みご》もっていることに気づいた。忠犬を哀れに思う美姫《びき》の優しさが、逆に呼び水となり、八房の愛気を受胎してしまったのである。

絶望した伏姫は自害し、割腹《かっぷく》して果てた。

すると、その体内より湧《わ》き出でた白気《はっき》は、伏姫の首から下げられた数珠を空中高く押し上げて、元の〈仁・義・礼・智・忠・信・孝・悌〉の文字に戻った宝珠《ほうじゅ》を、八方へと飛ばしたのだ。八房は、伏姫の許婚であった金碗大輔に射殺《いころ》された。

こうして空中に散った八個の霊力を帯びた宝珠は、時空を超えて、八人の女性の胎内に宿った。そして、各々《おのおの》の宝珠を握り締めて、八人の男児が誕生したのだ。

すなわち——〈仁〉を握った犬江親兵衛《いぬえしんべえ》、〈義〉を握った犬川荘助《いぬかわそうすけ》、〈礼〉の犬《いぬ》村大角《むらだいかく》、〈智〉の犬坂毛野《いぬさかけの》、〈忠〉の犬山道節《いぬやまどうせつ》、〈信〉の犬飼現八《いぬかいげんぱち》、〈孝〉の犬塚信《いぬづかし》乃《の》、〈悌〉の犬田小文吾《いぬたこぶんご》の八名である。

「これが里見八犬士で、艱難辛苦《かんなんしんく》の果てに彼らがめぐり逢《あ》い、一同が力を合わせて、蟇田素藤《ひきたもとふじ》の軍を打ち破り、里見家を滅亡から救ったのだが——もはや、夜明けも近いようだ。とにかく、大敵を打ち破った後、八犬士は里見義成《よしなり》侯の八人の姫君を娶り、忠臣として里見家に仕えた。八つの宝珠は主君の義成へ返されて、宝物蔵《ほうもつぐら》に大事に納められたのだ。ところが——」

七

慶長十九年、里見家第十代当主・忠義は、久我《くが》に大巖院《だいがんいん》という寺を建立《こんりゅう》した。

そして、六月二十日に盛大に入仏式《にゅうぶつしき》を執《と》り行なったのだが、その最中に本尊《ほんぞん》如来が倒れた。しかも、館山城の方を向いてである。

この不吉な出来事に、念のため、館山城内の総点検が行なわれた。すると、書院に置かれた伏姫の数珠は無事だったが、宝物蔵の螺鈿の箱の中から、八つの宝珠が消失していたのだ。

外部からの盗みとは考えられず、里見家を末代まで守護するはずの宝珠がなくなるという怪奇現象に、家臣たちの間に大いに動揺が走った。

それから三月《みつき》と経たぬうちに、里見家に国替の命が下ったのである。忠義の代が、まさに末代になったのであった。

「だが、窪田志摩之介と軍資金の隠し場所について検討した家老の正木大膳亮は、役行者の化身と思われる老人の霊夢を見た。今より百数十年の後に、八個の宝珠をもった八人の女人が現れる、その八個の宝珠を集めれば、黄金を埋蔵した場所が判明しようから、地図も何も残す必要はない——と告げられたのだ。目を覚ました大膳亮は、お告げのあった場所に軍資金を埋蔵するようにと、志摩之介に命じた。そして、このことを、二人だけの秘密にして、子孫に口伝だけを残すようにしたのである。我ら父子が窪田志摩之介の子孫ならば、この浅乃殿は、実は正木大膳亮の末裔というわけだ」

浅乃は微笑して、頭を下げた。

「なるほど……」京四郎は頷き返して、

「で、父上。宝珠をもった八人の女人というのは、元の里見八犬士とは関係ないのですな」

「うむ。八犬士の末裔が、再び宝珠を握って生まれてくれれば話は早いのだが、そうではない。年齢《とし》も出生地も違うが、共通した手がかりといえば、〈犬〉に関係があること、女の秘部に黒子《ほくろ》があることだけだ。いや、もう一つある」

修理之介は苦笑して、

「八人の女人――つまり〈八犬女《にょ》〉の全員が、男識らずの生娘《きむすめ》なのだ。宝珠は、女たちの子袋の中に秘蔵されていて、破華《はか》の儀式を終えた時に、初めて体外に転がり出る」

「それでは、宝珠のあるなしは目に見えず、本人にすらわからぬことになりますな。お待ちくださぃ……ひょっとして、この対になった数珠が何か役に立つのでは？」

「よくぞ、見抜いた。その伏姫様の数珠は、八犬女の体内の宝珠に感応《かんのう》し、鳴動《めいどう》するという。本日より、そなたは、入浴の時も眠る時も、その数珠を身につけているのだ。もしも、八犬女の誰かが近くにいれば、すぐさま、それとわかるようにな」

「八犬女と思われる女人を見つけたら……私は、どうすればよいのですか」

その答えは薄々わかっていたが、訊かざるを得ない京四郎であった。

「寝ろ」修理之介は即座に言う。

「先ほども申した通り、八犬女の体内の宝珠は、男女の交わりによってのみ、体外へ出てくる。それゆえ、そなたは、いかなる手を使っても、八犬女と交わらなければならぬ。たとえ、手籠にしようとも、必ず交わるのだ」

「それは……儒学を講ずる父上のお言葉とも思えませぬ」

京四郎は憤慨《ふんがい》した。それでは、まるで、無頼漢《ぶらいかん》か女衒《ぜげん》、いや、破廉恥《はれんち》な女蕩《おんなたら》しのすることではないか。

「父上。京四郎は、このお役目を辞退したいと思います」

「それは無理だ。このお役目、そなた以外の何人《なんぴと》も成し遂《と》げられぬ」

「なぜでございますか。女を蕩すだけなら、私でなくとも……」

「いや、それは違う。そなたは、生まれながらに、このお役目を果たすべき宿命を背負っているのだ」

「そんな馬鹿《ばか》なっ」

「証拠がある。そなた自身が、よく知っている証拠がな」

出雲修理之介は、静かに言う。

「今はわかりにくかろうが、そなたの大事なところには、八つの黒子があろう」

あっ、と京四郎は息を呑んだ。

小さい頃から不思議に思っていたのだが、自分の男根には、北斗七星《ほくとしちせい》に似た形で、八つの黒子が並んでいたのである。下男の久作に訊くと、この黒子は生まれた時からあったのだという。

父の言う通り、彼の男根は年頃になると、女性経験もないのに色濃く色素が沈《ちん》着《ちゃく》して、今では茄子色になっている。

だから、目立たなくはなったが、それでもよく見ると、八つの黒子はちゃんと茎部に残っていた。

「男の象徴に八つの黒子がある男児が誕生した時、八犬女もまた、いずこかに誕生す――正木大膳亮の見た霊夢で、そう告げられている。わしは、そなたが生まれいでた時から、今日という日の準備をしていたのだ」

「……」

「もしも、八犬女との交わりに失敗すれば、宝珠を得られなくなる。そのためには、そなたを、女体を扱う達人にする必要がある。それゆえ、この浅乃殿には、吉原遊廓《よしわらゆうかく》に身売りしてもらった」

「何と！」

京四郎に見つめられて、浅乃は目を伏せた。

「吉原には、遊女に閨業《ねやわざ》を仕込む女転師《おんなごろし》という者がいる。浅乃殿は、その女転師から、最高の閨業を身をもって教えこまれたのだ。それというのも、その業を、そなたに伝授するためだ」

「それは……」

「忠義のためじゃ」

修理之介はいかめしい表情になる。

「わしが、降るようにある諸大名からの召し抱えの話を断り続けてきたのは、何のためと思う。里見家を再興して、その家臣に戻るためではないか。浅乃殿が苦《く》界《がい》に身を沈めたのも忠義のためなら、そなたが、八犬女を抱くのも忠義。武士は忠義に生きるものぞ、京四郎。御家の再興こそは、忠義の最《さい》たるもの。浅乃殿に少しでも済まぬと思うのならば、いかなる困難をも乗り越えて、見事に八個の宝珠を集めてみよ！ そして、里見家を再興するのだっ！」

今はこれまでと観念した出雲京四郎は、

「――承知つかまつりました」

両手をついて、頭を深々と下げた。

座敷の外では、夜が白々《しらじら》と明けかけている。

八

それから一月《ひとつき》ほどが過ぎた日の夕方――出雲京四郎は、浦辺家の寝間で、浅乃と交わっていた。

「あれ、京四郎様っ……そ、そのようにされては……はあァっ」

「浅乃殿。腰の回し方は、これでよいのかな」

落ち着いた表情で腰を動かしながら、京四郎は訊く。組み敷いた浅乃の軀を、その両膝が胸乳《むなぢ》につくまで深く折った屈曲位《くっきょくい》であった。

「はい……お上手になられました。ここ二、三日は、わたくしの方が翻弄されることが多くて……ひいっ」

己れの生まれもった宿命を丸ごと受け止めて、里見家再興のために八犬女を探し出すことに決めた、京四郎である。

そして、生娘の八犬女の破華を行なう時のために、性交術の達人となるべく、あの日から泊まりこみで、夜となく昼となく、浅乃の〈指導〉を受けていた。

まずは、敏感すぎる亀頭《きとう》を鍛えて、射出を堪《こら》えるようにすること。それができるようになってから、ようやく、女体の愛撫法を初歩から学び始めたのだ。

無論、その合間に木刀を振るって、心身の鍛練も怠《おこた》らぬ京四郎である。

「それは、浅乃殿の教え方が巧みだからであろうよ」

京四郎は微笑すらたたえて、腰の動きを緩《ゆる》やかなものに変えた。

浅乃の女壺も柔軟性を発揮して、今では、その巨砲の根元まで挿入されても大丈夫なようになっている。

「男女の交わりも、剣の勝負と同じとわかったのだ。相手の呼吸を読み、押さば引け、引かば押せ……そして、相手が随喜《ずいき》の高みに駆け昇ろうとする時には、容赦《ようしゃ》なく止《とど》めを刺す。まさに、兵法にかなっておる」

「元々、京四郎様は剣の道に秀《ひい》でて、体力も気力も、そして克己心《こっきしん》も人並み以上の御方……女を扱う骨通《こつ》さえつかめば、上達が早いのは当然でございます。それに……」

「それに、どうした」

浅乃は、恥じらいを見せながら、

「俗に、お道具に黒子のある殿御《とのご》は、精力絶倫《ぜつりん》と申します。一つでも絶倫なのに、京四郎様の黒子は八つ。これはもう、超絶倫とでも申すしか……」

「なるほどな、ははは」

「おほほほ」

肉体の一部で繋がったまま、二人は、朗《ほが》らかな笑いを交わし合って、

「では、終盤と参ろうか」

「はい……ご随意に」

京四郎は、腰の律動を再開した。浅乃は息を喘がせて、急激に快楽曲線を上昇させてゆく。

遠慮する必要がないと知った京四郎は、怒濤《どとう》のように腰を使って、突いて突いて突きまくった。

「ひぐっ、死ぬ……もう……駄目《だめ》ぇぇぇっ!!」

浅乃は絶叫して、花孔を痙攣させる。それを受けた京四郎は、欲望の扉を解放した。

大量の聖液が、奔流《ほんりゅう》のように女体の最深部に注ぎこまれる。

しばらく抱き合った後で、京四郎は、桜紙で自分と浅乃の後始末をした。浅乃は、それは申し訳ないと、しきりに詫びる。

「よいのだ。どうせ、八犬女たちを相手にした時も、私が後始末をすることになるだろうからな」

「京四郎様のように立派な殿御にそこまでしていただいたら、感激しない女は、いませんわ」

「そういうものかな」

浅乃との初体験の前は、兵法者は女色《にょしょく》を遠ざけるべきだと考えていた。

だが、今は、違う。いざという時に、不覚《ふかく》をとらぬためにも、兵法者は女を識るべきだ。

いや、女を識って識って識り抜いて女色を究めてこそ、真の不動心が生まれるのだ……。

「――浅乃殿」

「はい？」

「急いで、着物を着なさい」

そう言って、京四郎は、手早く身繕いした。腰に大刀を落とすと、夕陽《ゆうひ》に赤く染め上げられた障子《しょうじ》を開く。

庭先に、四人の浪人が立っていた。そのうちの一人は、あの夜の丸顔の浪人で、右腕を首から布で吊って、左手に短槍《たんそう》を構えている。

残りの三人は新顔だ。鍾馗《しょうき》のように顎髭を伸ばした奴、平家蟹《へいけがに》のような顔の奴、そして、袴に袖無《そでな》し羽織《ばおり》という姿の三十前と見える痩身《そうしん》の男。こいつだけは、他の者とは違う気を放っていた。

「出てきおったなっ」丸顔が吠える。

「石塚《いしづか》は、貴様に斬られた傷がもとで、十日前に死んだぞ。今こそ、剣友の仇討《あだう》ちをしてやる！」

「わずかな礼金欲しさに、か弱い女人を拉致《らち》する者同士を、剣友と呼ぶのか」

「黙れっ、今日は先夜のようなわけにはいかんぞっ」

鍾馗髭と平家蟹も、大刀を抜いた。

「この色男を叩《たた》き斬ったら、あの女を好きなようにしていいんだな」

「ちょいと年増だが、年増の味も悪くはない。三日三晩も皆で臀の孔《あな》まで可愛《かわい》がってから、どこぞへ売り飛ばしてやろうではないか」

「それまで生きていたらだがな、はっはっはっは」

このように凶暴な奴らに、前回、慈悲をかけて峰打ちにしたのは間違いだった

――と京四郎は思った。

いきなり、馬鹿笑いを続けている鍾馗髭の脇を駆け抜ける。何をされたかわからないうちに、鍾馗髭は、断ち割られた脇腹から血と臓物を噴き出して、ぶっ倒れた。

あわてて振り向いた平家蟹は、振り下ろされた京四郎の大刀を受け止めようとしたが、自分の刀が折れてしまう。顔面を真っ二つに割られて、そいつは絶命した。

丸顔が、短槍を片手突きにしてくる。京四郎は、その螻蛄首《けらくび》を斬り上げた。

そして、宙に舞った槍穂《やりほ》をつかむと、丸顔に投げつける。胸の真ん中に槍を受けて、丸顔は仰向けに倒れた。

呼吸も乱さずに、京四郎は、袖無し羽織の方を向いた。

「やめておこう」

刀の柄に手もかけずに、男は言った。

「俺は、そいつらに大した義理があるわけじゃない。暇潰しに付き合っただけだ。貴公《きこう》と遣り合っても、一文《もん》の得にもならんからな。それに——」

男は薄く笑った。

「貴公、人を斬ったのは初めてだろう」

「ならば、どうした」

「ふふ、ふ。人斬りは女と同じよ。おぼこ娘の初割りよりも、熟れた年増の方が存分に楽しめる。貴公がもう少し人斬りに慣れたら、その時こそ、存分に勝負しよう」

そう言って、無造作《むぞうさ》に京四郎に背を向ける。

「待てっ、姓名を聞いておこう。私は出雲京四郎だ」

「真桑利大記《まくわりだいき》。何代か前のご先祖は、本多上野介なんぞという御大層な名乗りを上げていたらしいがな。では、御免《ごめん》」

袖無し羽織の浪人者は、去った。

（あの男……本多上野介正純の末裔か。何という因縁……しかも、奴の腕は私よりも上だった……）

三月初めの夕陽を浴びながら、京四郎は血刀を拭うことも忘れて、立ちすくんでいた。

第二章　大江戸血風陣《おおえどけつぷうじん》

一

闇《やみ》の中に、二人の浪人《ろうにん》が対峙《たいじ》している。

双方とも、面《めん》をつけていた。肩幅広く胸板も分厚い浪人の方は狐《きつね》の面を、袖《そで》無《な》し羽織《ばおり》と袴《はかま》という姿の痩身《そうしん》の浪人は、おかめの面である。

篝火《かがりび》によって、二人の姿は漆黒《しっこく》の闇の中に、くっきりと浮かび上がっていた。

「──始めっ」

闇の奥から、声がかかった。

狐面の浪人が、さっと大刀《だいとう》を抜き放って正眼《せいがん》に構える。おかめ面の方は、ゆっくりと抜刀《ばっとう》して地ずり下段に構えた。

「おうっ」

正眼に構えた狐面が、誘いの気合《きあい》を発する。

が、おかめ面の浪人は動かない。立合《たちあい》の最中であることを忘れたかのように、ただ、うっそりと立っているように見える。

何度か気合を発した狐面の浪人が、ついに焦《じ》れて、ばっと打って出た。

その瞬間、おかめ面の大刀がきらりと篝火の炎を反射して、掬《すく》い上げるように相手の水月《すいげつ》に叩《たた》きこまれる。

それは真剣ではなく、刃《は》を落とした鉄刀であった。だが、鉄棒で強打されたのと同じ威力がある。そいつを鳩尾《みぞおち》にくらったのだから、堪《たま》らない。

衝撃で狐面が飛んだ浪人は、血の混じった胃袋の中のものを逆流させて、その場にぶっ倒れる。内臓が破裂したのであろう。

おかめ面の浪人は、何事もなかったかのように、鉄刀を鞘《さや》に戻した。

「次っ」

その声に促されて、ひょっとこ面の浪人が、篝火の明かりの中に出てきた。

手足の動きが、ぎごちない。開始の声がかかるよりも早く、鉄刀を抜いた。その切っ先が、迷い箸《ばし》のように揺《ゆ》れている。

「始めっ」

その声がかかっても、おかめ面は抜かない。相手の動きを耳でたしかめるが如《ごと》く、わずかに首を傾《かし》げただけであった。

ひょっとこ面の軀《からだ》の震《ふる》えは、どんどん激しくなって、面の奥から、がちがちと歯鳴りの音すら聞こえるほどであった。無論、気合を発するどころではない。

「双方、如何《いかが》いたした。試合《しあ》えっ」

その声が終わらぬうちに、おかめ面がさっと前に出た。

出たと思った刹那《せつな》、ひょっとこ面の浪人の手元に、鋭い金属音とともに火花が散った。

「おおっ」

闇の奥から、どよめきが上がった。

ひょっとこ面が手にしているのは、刀の柄《つか》だけであった。刃を落とした刀身の方は、鍔元《つばもと》から折れて、吹っ飛んでしまったのだ。

おかめ面の浪人が、抜き打ちで相手の鉄刀を叩き折り、すぐに納刀《のうとう》したのである。

「ひえっ」

刀身がなくなった柄を放り出して、ひょっとこ面の浪人は、その場にへたりこんだ。

袴の前が黒々と濡《ぬ》れて、臀《しり》の下に水溜《みずた》まりが広がる。失禁《しっきん》したのだ。

「――それまでっ」

幾《いく》つもの灯《あか》りが点《つ》けられて、周囲が、急に明るくなった。そこは、空き屋敷の中庭で、狐面の他《ほか》に三人の浪人が地面に倒れている。

庭に面した座敷に、共布《ともぎれ》を付けた山岡頭巾《やまおかずきん》で顔を隠した中年の武士が座っていた。

その家臣らしき六人の武士が、ひょっとこ面の浪人や転がっている四人を運び出し、嘔吐物《おうとぶつ》に灰をかけて始末する。

「五人を次々に打ち破った腕前、中々に見事《みごと》であった。名を聞こう」

覆面《ふくめん》の武士が言う。

おかめの面を外した浪人者は、

「……真桑利大記《まくわりだいき》」

気怠《けだる》げな口調で答えた。顴骨《かんこつ》高く、削《そ》げたような頬《ほお》をしている。知的な顔立ちだが、荒《すさ》み切っていた。両眼には、世の中のもの全《すべ》てを嘲《あざけ》るような陰惨《いんさん》な光が宿っている。

「変わった姓だな」

「母方のものだ。父方の姓は本多――何代か前には、本多上野介という大層な名前だったらしい」

「な、何っ？　宇都宮藩主で、釣天井《つりてんじょう》事件で失脚した上野介正純様か。真実《まこと》か、それはっ⁉」

「――という話だが、どんなものかな。まあ、どっちにしても、今の俺《おれ》は放浪無頼《ぶらい》の浪人者さ」

「ふうむ……」

覆面の武士は、少しの間、考えていたが、

「やはり、お主《ぬし》の腕が欲しい。雇《やと》おう」

「そいつは、有り難い。しばらく、岡場所《おかばしょ》へも通っていなかったからな」

真桑利大記は、薄い唇《くちびる》の両端を持ち上げて、にやりと嗤《わら》った。

「ところで、こんな大層な腕試しをするくらいだから、高額の仕事なんだろうな」

「百両《りょう》」

即座に、覆面の武士は言う。

「ほう……十人も斬《き》ればいいかね」

「いや、相手は一人だ。ただし、手強《てごわ》い。相当に手強いぞ。だから、木刀ではなく刃引きの鉄刀で試合わせたのだ。本当の実力を知るためにな」

「……」

「相手の実力は、お主と五分とみた。心して、立ち向かうがよいぞ」

「こんなもので」大記は鉄刀を抜いた。

「剣の実力などわからん。刃筋《はすじ》が立っていなくても、力まかせに叩きつければ、倒せるからな。だが――」

いきなり、廊下に駆け上がると、その鉄刀を振るった。

と、三寸《すん》角の柱が斜めに切断されて、ずっ……と上部がずれる。左右の鴨居《かもい》が、斜めに傾《かし》いだ。

刃のない鉄刀で柱を斬るという業《わざ》に、覆面の武士や家臣たちは声も出ない。

「真物《ほんもの》の達人なら、こういう芸当もできる……どうだ、五十両上乗せしないか」

「わ、わかった」

声を震わせながら、覆面の武士は言った。

「百五十両、出そう。ただし、必ず、相手を倒してくれ。よいな」

「そいつの名は」

「手束藩御納戸役《たつかはんおなんどやく》……伊能丹三《いのうたんぞう》」

元文《げんぶん》三年、八代将軍吉宗《よしむね》の治世《ちせい》――陰暦《いんれき》三月下旬の夜のことである。

二

「京四郎様。色欲を戒《いまし》める律宗《りっしゅう》の婬戒《いんかい》に、女三男二《にょさんなんに》という言葉がございます」

夜具の上に端座《たんざ》した、肌襦袢《はだじゅばん》姿の浅乃が言う。二十九歳の美しい武家女だ。

この時代では、二十歳を越えると〈年増《としま》〉と呼ばれてしまう。現代の年齢に換算すると、三十代半ばというところだ。

「女三男二……？」

「女人《にょにん》には三つ、若衆《わかしゅ》には二つ、色欲を満たす孔《あな》があるという意味ですわ」

「女人の三つのうち、二つまではわかる。股間《こかん》の孔と上の口唇だろう。だが、三つ目は何かな」

これも白い肌襦袢姿の出雲京四郎は、秀麗《しゅうれい》だが男らしい顔に、戸惑いの色を浮かべた。二十三歳の京四郎は、長身で肩幅が広く、均整《きんせい》のとれた軀つきである。

真桑利大記が仮面試合に勝ち抜いたのと同じ頃《ころ》──本所中之郷《ほんじょなかのごう》の竹林の奥にある一軒家の寝間で、二人の男女は向き合っていた。

「今宵《こよい》は、それをお教えいたしましょう」

閨業指南《ねやわざしなん》役──つまり、性交術の教師である浅乃は、弟子の京四郎に、そう言った。

それから、浅乃は静かに立ち上がって、帯《おび》を解く。やさしい曲線を描いている肩から、するりと肌襦袢が足元に落ちた。

下裳《したも》をつけていない。全裸だ。ほどよく脂《あぶら》がのった、年増盛りの妖艶《ようえん》な肉体である。

胸乳《むなぢ》は大きく、乳輪は小豆《あずき》色をしていた。下腹部の草叢《くさむら》は濃く、その奥の秘裂から、赤紫色の花弁が頭を覗《のぞ》かせている。

そのまま、浅乃は後ろ向きになった。みっしりと量感のある臀は、双丘が両側から盛り上がって、その割れ目が深い。

浅乃は両足を開くと、上体を前に倒した。自然と、臀を京四郎の方へ突き出す恰好《かっこう》になる。臀の割れ目の下から、花園と秘毛が見えていた。

「その答えは……」

豊かな双丘に両手をあてると、浅乃は、それを左右に開いた。割れ目の奥底に隠されていた排泄孔《はいせつこう》が、露《あら》わになる。放射状の皺《しわ》が窄《すぼ》まったそこは、灰色を帯びていた。

「これでございます」

「何だと」京四郎は驚いた。

「そこは、下世話《げせわ》に申す臀の孔ではないか。そのような不浄《ふじょう》の場所で交わると言うのか」

「仰《おお》せの通り、ここは不浄門。なれど、互いが納得ずくならば、色の道に禁制はございません。女の孔が前門ならば、こちらは男女に共通した後門。前門なき若衆が念者《ねんじゃ》と情を交わす時には、この後門を使用いたします」

「ほう、男同士でのう……」

男と男が愛し合う〈衆道《しゅどう》〉というものがあることは京四郎も話には聞いていたが、具体的に、どうやって閨の行為を行なうのかは知らなかった。

「女は口と前門と後門、男は口と後門で交わるゆえに女三男二と申し、律宗では、これをきつく戒めたのでございます」

女としては最大の羞恥《しゅうち》の器官を曝《さら》け出したままで、浅乃は説明する。

「しかし……衆道の者は仕方ないとして、普通の男女が睦《むつ》み合うのに、その後門を用いる必要はあるまい」

「ほほほ、鮎《あゆ》と鰹《かつお》は同じ魚ではありますが、味わいが違いましょう。川魚と海の魚の味が違うように、同じ女体でも、前門と後門では味が違いますのよ。ですが、百の説法よりも一つの実践――遠慮なく、わたくしのお臀の味見をなさってくださいませ。先ほど、お風呂《ふろ》で綺麗《きれい》にしておきましたゆえ」

そう言って、浅乃は夜具に膝《ひざ》をつき、上体を伏せた。夜具の上に両手を重ねて、その上に片頬を乗せる。

横から見ると、ちょうど、膝・臀・頭で直角三角形を描いたような姿勢であった。

「ふうむ、こちらの門でなあ」

京四郎は、年増美女の豊かな臀を右手で、そっと撫《な》でまわす。人倫《じんりん》の道を踏み外しているような……と思ったが、口には出さない。

出雲京四郎は、儒学者《じゅがくしゃ》・出雲修理之介の一人息子である。そして、百二十年前の慶長《けいちょう》十九年、国替《くにがえ》を命じられついには断絶した安房里見《あわさとみ》家の重臣・窪田志摩《くぼたしま》之介《のすけ》の子孫でもあった。

戦国時代に、里見家が滅亡の危機に瀕《ひん》した時、伏姫《ふせひめ》の持つ数珠《じゅず》から飛散した〈仁《じん》・義《ぎ》・礼《れい》・智《ち》・忠《ちゅう》・信《しん》・孝《こう》・悌《てい》〉の宝珠《ほうじゅ》を持つ八犬士の活躍で、これを免《まぬか》れたという。

里見家の取り潰《つぶ》しの際、家老・正木大膳亮《まさきだいぜんのすけ》は、役行者《えんのぎょうじゃ》の化身と思われる老爺《ろうや》の霊夢を見た。里見家が代々貯《たくわ》えた百万両相当の黄金を、御家再興の日のために、ある場所に埋蔵せよ――と老爺は告げたのである。

さらに、老爺は、男根に八個の黒子《ほくろ》がある男児が窪田家に誕生した時が、里見家再興の時だと告げた。ほぼ同じ頃に、子宮内に宝珠を宿らせた八人の女児が、関八州《かんはっしゅう》に誕生する。八犬士ならぬ、八犬女《にょ》だ。

八連黒子の男が、生娘《きむすめ》ぞろいの八犬女と交われば、彼女たちの体内より宝珠が転がり出るのだ。

そして、その宝珠を八個集めれば、百万両の埋蔵金の隠し場所が判明するという。百万両という巨額の資金があれば、幕閣の要人たちに賄賂《まいない》をばら撒《ま》いて、里見家を再興することができる。

そのため、正木大膳亮の子孫である浅乃は、吉原遊廓《よしわらゆうかく》に自《みずか》ら身売りして、遊女たちを鍛《きた》える女転師《おんなごろし》と呼ばれる性技の達人の特訓を受けた。

そして、立派な兵法者《ひょうほうしゃ》に成長した八連黒子の男・京四郎に、女体攻略の淫戯を伝授する教師となったのだ。

武士の子に生まれた京四郎は、己《おの》れの意志とは関係なく、主家の再興という大義のために、宝珠収集の役目を背負わされたのである。

およそ四十日前――童貞だった京四郎は、浅乃によって筆下《ふでお》ろしを済《す》ませた。

そして、連日連夜、浅乃に多彩な閨業を教えこまれたのだ。無論、その豊満にして魅力的な肉体を試験台としてだ。

十日ほど前からは、岡場所や茶屋《ちゃや》の女たちを相手に、実戦訓練を積んでいる。

美貌《びぼう》と巨根と精力、それに卓抜《たくばつ》した閨業と四拍子そろった京四郎に抱かれた女たちは、商売気も忘れて、本気で燃え狂った。

金は要《い》らないから、毎日、通ってくれ――と泣きながら懇願《こんがん》する女もいる始末だ。ただ閨の中で悦《よろこ》ばせるだけではなく、そういう女たちの上手なあしらい方も勉強するようにと、浅乃は命じたのである。

つまり、女蕩《おんなたら》しの達人になれというのだ。そうでなくては、出会ったばかりの処女を抱いて宝珠を集めることなど、到底、不可能だろう。

天眼一刀流《てんげんいっとうりゅう》を究《きわ》めて仕官《しかん》し、出雲家を再興することこそ己れの使命と考えていた京四郎には、この役目は納得し難いものがある。

しかし、父の命令に背《そむ》くことはできないし、主家の再興のためなら、いかなる恥辱《ちじょく》苦難も耐え忍ばねばなるまい。それが、武士としての忠義の道なのだ……。

「お臀の孔は、前の孔よりも抵抗が強いものです。それゆえ、最初は、筋肉の緊張を緩めるのが肝要《かんよう》。まずは、孔の両側に親指を当てて、回すように揉《も》んでくださいまし」

「こうか──」

京四郎は、言われた通りにした。親指の力の入れ具合によっては、後門が、ぱっくりと口を開く。

入口のくすんだ色とは正反対に、内部の粘膜《ねんまく》は美しい薄桃《うすもも》色をしていた。花孔内部の粘膜も美しいが、こちらの方が、さらに色が薄いような気がする。浅乃が言った通り、不快な汚れや残留物はなかった。

後門の周囲の筋肉がほぐれると、唾《つば》で湿《しめ》した中指を一本、挿入《そうにゅう》する。挿入して、内部から後門括約筋《かつやくきん》をほぐしてゆく。

さらに人差し指を添えて、二指で時間をかけて丁寧《ていねい》にほぐしてゆくのだ。

「ああ……普通の殿方《とのがた》なら、二指が後門の中で自由に動くようになれば十分なのですが、京四郎様のものは巨根でございますから、薬指も入れて……うっ……は、はい。それで、擂《す》り粉木《こぎ》を使うように回して…ひいっ……そう……そうです……んあっ」

温気《うんき》がこもるような夜だ。四半刻《しはんとき》も臀孔を弄《いじ》られている浅乃の軀は、赤みを帯びて、しっとりと汗ばんでいる。

「もう、よろしゅうございます……京四郎様のものを入れてくださいまし……んんんっ！　止《と》めて！　あ、頭が全部入ったところで、止めて……生娘の破華《はか》と同じように……痛みが消えるまで待ってください……ええ、軀が落ち着いた頃を見計《みはか》らって、そろそろと奥へ…あぐっ……ぐ……」

京四郎の道具は巨《おお》きい。長さも太さも、普通の男性のそれの二倍以上もある。しかも、百戦錬磨《れんま》の放蕩《ほうとう》者のそれのような茄子《なすび》色をしていた。

浅乃と初体験をする前の童貞時代から、こういう色なのである。そのため、赤子の時には明確にわかった八連黒子が、ほとんど見えなくなっていた。

浅乃の肉体を損なわぬように注意しながら、京四郎は、ゆっくりと巨砲の根元まで臀孔の奥深《そこ》くに挿入した。

「むむ、これは……」

「お…おわかりになりましたか」

喘《あえ》ぎながら、浅乃が言う。

「後門の内部は、前門に比べると緩《ゆる》やかですが、入口の締めつけは前門の何倍も強うございます……人によっては、三十倍もきついと申します。これが、臀交わりの楽しみ……いえ、殿方にとって具合がよろしいだけではございません。女でも、前に入れられるよりも後ろを犯された方がよいという者がおります……はあア……」

「禁断の門を汚《けが》しているという暗い興奮も、快楽《かいらく》の味付けをしているのであろうな」

「よくぞ気づかれました……仰せの通り……な、なれど今は……浅乃も心乱れております……ゆるゆると動かして、極楽へ送ってくださいまし……」

「わかった。このように、な──」

後門性交の経験も深いらしい浅乃であったが、京四郎のような巨根を迎え入れたことはないのであろう。大して手間をかけないうちに、絶頂へと昇りつめた。

両腕で夜具をかかえこむようにして達した浅乃の臀の奥に、京四郎は、したたかに精《せい》を放った。

人倫から外れたと思われた快楽は、皮肉にも、思わず唸《うな》るほど素晴らしいものであった。

三

吉原遊廓は、元和《げんな》三年に日本橋葺屋町《にほんばしふきやまち》に誕生した。だが、日本の事実上の都として江戸の街が発展してくると、周囲が町屋《まちや》ばかりになってしまった。これでは風紀上問題があるため、明暦《めいれき》二年十月、北町奉行《きたまちぶぎょう》と南町《みなみ》奉行が合同で、吉原の廓主《くるわぬし》たちに郊外へ移転するようにと申し渡した。

候補地は、本所と浅草《あさくさ》日本堤《にほんづつみ》の二ヵ所であったが、客の利便性を考慮して、日本堤が選ばれた。

幕府《ばくふ》は無償《むしょう》で今までの一・五倍の広さの敷地を与え、さらに一万九千両の引越料を渡した。それまで昼ばかりだった営業も、昼夜許されることになった。

こうして、明暦三年八月、浅草田圃《たんぼ》の真ん中で、吉原遊廓は新装開店したのである。二つの吉原は、〈元《もと》吉原〉〈新《しん》吉原〉と呼び分けられたが、この元文年間には、日本堤にある遊廓を、単純に〈吉原〉と呼んでいた。

その吉原からの帰り道──灰緑色《かいりょく》の地に鮫小紋《さめこもん》という着流し姿の出雲京四郎は、花川戸《はなかわど》町の通りを歩いていた。

浦辺《うらべ》浅乃と後門性交を経験してから、四日後の午後である。

あれから三日間、臀交わりの様々な技術を京四郎に伝授した浅乃であったが、さすがに、その部分を酷使《こくし》し過ぎたらしく、閨業教室は、しばらく休業となった。

それで浅乃は、自分の休業中に、吉原へ通うようにと命じたのだった。そういう費用は、父の修理之介から潤沢《じゅんたく》に供給されている。八連黒子の男児誕生の時のために、代々、受け継がれてきた資金があるのだそうだ。

京四郎の相手は、望月《もちづき》という花魁《おいらん》であったが、今日は寝ていない。

吉原にも様々な遊女がいるが、最高級クラスの華魁には、初めての客とは寝ないという不文律《ふぶんりつ》がある。

三度通って、ようやく同衾《どうきん》を許されるのだ。それに不平を言う客は、野暮《やぼ》と軽蔑《けいべつ》されてしまう。

だから、京四郎は、今日は吉原の雰囲気だけを味わいに行ったのだが、かえって華魁の望月の方が、同衾できないことを残念がっているようであった。

もっとも、彼が、かつての同僚である浅乃に性交術を叩きこまれた閨の達人だとは、夢にも思わないだろう。

京四郎は、行き交う人々や店々の中を見ながら、

(武家も町人も百姓も、この世に生きるほとんどの人々が、毎日、真面目《まじめ》に働いているのだ。それなのに、私は連日連夜、浅乃殿や遊女たちを相手に女色《にょしょく》に耽《ふけ》っている……浅乃殿には感謝しているが、いかに主家再興のためとはいえ、こんな淫《みだ》らな生活を送っていてよいのだろうか)

そんなことを考えていた。

彼の左手首には、美しい水晶の数珠が腕輪のように二連に巻かれている。里見家の重宝〈伏姫の数珠〉であった。

室町《むろまち》時代——安西景連《あんざいかげつら》の軍勢が、里見義実《よしざね》の滝田《たきた》城を包囲したことがあった。万策尽《ばんさくつ》きた時、義実はたわむれに、愛犬の八房《やつふさ》に「敵将・安西景連の首を獲《と》ってきたら、伏姫をお前にやろう」と言ったところ、八房は本当に景連の首を咥《くわ》えてきたのである。

戦いには勝利したものの、十七歳の美姫《びき》・伏姫は、巨犬の花嫁になるという恐るべき運命に突き落とされてしまった。

彼女は三歳の時、役行者の化身と思える老爺から、一対《つい》の数珠を授けられた。

その片方は姫が身につけ、もう片方は母の五十子《いさらご》が身につけていた。親と子の永遠の別れの時、五十子と伏姫は、互いの数珠を交換した。

そして、八房は伏姫を背に乗せて、富山《とみやま》の奥深くにある洞窟《どうくつ》まで運んだのである。日々、法華経《ほけきょう》を唱《とな》えて、八房とは清い関係のままであった伏姫だが、忠犬の濃厚な愛気を受けて、処女懐胎《かいたい》してしまった。

絶望した伏姫は、割腹《かっぷく》して自害《じがい》。その時、彼女の体内から湧《わ》き出した白気《はっき》が、首にかかっていた数珠を空中高く押し上げて、〈仁・義・礼・智・忠・信・孝・悌〉の八珠を八方へと飛ばした。

この八個の宝珠は時空を超えて飛び散り、八人の女性の胎内に宿った。こうして、宝珠を握りしめた八人の勇者――里見八犬士が誕生したのである。

京四郎の左手首の水晶数珠は、五十子が伏姫から渡された数珠なのだ。

この数珠は、体内に宝珠を秘めた八犬女に近づくと、感応《かんのう》して鳴動《めいどう》するという。

それで、彼は外出時には必ず、これを装備しているのだった。

（そうだ。ここまで来たのだから、浅草観音《かんのん》にお参《まい》りをしていこう）

通りを右へ折れて、京四郎は金龍山浅草寺《きんりゅうざんせんそうじ》へ向かった。

参拝を済ませて清々《すがすが》しい気分になると、混雑している表門を避けて、南側の門から外へ出た。目の前を、町駕籠《まちかご》が走ってゆく。

と、左手首の数珠が淡《あわ》く発光しながら、ちちち……と鳴り震えたではないか。

「こ、これは……!?」

数珠が八犬女探索の道具となるという父の話を、信じ切れずにいた京四郎であったが、種《たね》も仕掛けもなく鳴動する数珠を実際に見てしまえば、もう、疑うわけにはいかない。

京四郎は、さっと左右を見回した。

三間《けん》四方に、女はいない。数珠の鳴動は止《や》んでいる。鳴動し始めた時、彼のそばを通ったのは町駕籠だけだ。

すると、あの町駕籠の中に、八犬女の一人が乗っているのではないか。

今、駕籠は半町《ちょう》ほど先を走っている。京四郎は、即座に、その後を追った。

いきなり、駕籠を止めさせて「私と契《ちぎ》ってくれ」と言ったら、中の女も驚くだろう。気触《きぶ》れ者扱いされても仕方がない。

だから、取《と》り敢《あ》えず、行く先と素性を確認しようと思ったのである。

駕籠は、東本願寺《ひがしほんがんじ》の門前町を通り抜け、龍実寺《りゅうじつ》の裏手の人《ひと》けのない通りに差しかかった。

その時、突然、左手の林の中から四人の武士が飛び出してきて、京四郎の前に立ち塞《ふさ》がった。

四

「何者っ」

京四郎の誰何《すいか》には答えず、素早く四人は抜刀した。そして、

「でえいっ」

大刀を上段に構えた正面の武士が、気合とともに斬りかかってくる。京四郎は、大刀の鞘を左手でつかむと、相手が間合を詰めるよりも早く、こちらから前進した。

「ぐっ」

相手は、軀を〈くの字〉に曲げたまま動けなくなり、剣を取り落とした。京四郎が、相手と軀を交差させるようにして、大刀の柄頭《つかがしら》で鳩尾を突いたからだ。

さっと軀を開いて脇へよると、相手は膝が溶けたように、その場にへたりこんで、気を失ってしまう。

連日連夜、浅乃から性技実習を受けてはいるが、それと同時に、朝晩に三千回の素振りを欠かさぬ京四郎であった。特に、淫気《いんき》に溺《おぼ》れて兵法者としての神経が弛緩《しかん》しないようにと、常に心機《しんき》を研《と》ぎ澄《す》ませる訓練を忘れなかった。

だから、見知らぬ四人の襲撃者を前にしても、少しも臆《おく》するところがない。さらに言えば、半月ほど前に、三人の無頼浪人を斬った経験の重みが、京四郎を冷静にしていた。

あの人斬りの直後は、胃《い》の腑《ふ》がものを受けつけずに、非常《ひじょう》に苦しんだのだが……。

「無法はよせ。私は浪人の出雲京四郎、そなたたちに恨みを受ける覚えはないぞ」

この四人は人斬りの経験がなさそうだ——と思いながら、京四郎は言う。

「黙れっ」右側の武士が叫んだ。

「蟇田六右衛門《ひきたろくえもん》が新たに雇った刺客《しかく》とは、貴様であろうがっ」

「蟇田六右衛門……？　知らんな」

「惚《とぼ》けるなっ、小百合《さゆり》殿の乗った駕籠を尾行していたのが、動かぬ証拠ではないかっ」

左側の武士が喚《わめ》く。

「小百合……なるほど。あの駕籠の女性《にょしょう》は、そういう名か」

京四郎は、ちらりと五間ほど離れた所に置かれた駕籠の方を見る。二人の駕舁《か》きは林の中へ逃げてしまったらしく、姿は見えない。

それが隙《すき》に見えたのだろう、真ん中の武士が、諸手突《もろてづ》きで突っこんできた。

敵と実力差がある場合、諸手突きは有効な手段である。命を捨てる覚悟《かくご》と気合があれば、その実力差を埋めて相討ちに持ちこむことが可能だからだ。

が、京四郎は、あっさりとその突きをかわすと、伸び切った首筋を手刀で強打した。物も言わずに、その武士は昏倒《こんとう》する。

「むむ……」

残った二人は、動揺した。京四郎の腕前が、並々ならぬものであると気づいたのだろう。と、その時、

「お待ちくださいましっ」

凛《りん》とした声が、両者の間《はざま》を貫《つらぬ》いた。三人が声のした方を見ると、駕籠の中から武家女が出てきた。小百合であろう。

「斎藤《さいとう》様、吉村《よしむら》様……その御方《おかた》は、刺客ではありません」

矢飛白《やがすり》模様の着物に根細島田《ねぼそしまだ》という姿の小百合は、美しかった。

御殿女中《ごてんじょちゅう》だろうか、中肉中背で気品のある容貌《ようぼう》の中に、聡明《そうめい》さと武家に育った女特有の意志の強さが仄見《ほのみ》える。

「しかし、小百合殿。此奴《こやつ》は…」

「いえ。本当に金で買われた刺客ならば、すぐに刀を抜いて大貫《おおぬき》様と石原《いしはら》様を斬っているはず。素手でお二人を昏倒させ、なお抜刀しないのは、事情がわかるまでは流血を避けたいというお気持ちの顕《あらわ》れと思われます」

「──有り難い」

京四郎は身構えを解いて、微笑した。

「やっと、話の通じる御仁《ごじん》が登場したようだ」

「女だてらに、お羞《はず》かしゅうございます」

彼に微笑《ほほえ》みかけられた小百合は、頬に朱《しゅ》を散らして、俯《うつむ》いた。

「小百合殿が、そこまで言われるのなら……」

残った斎藤と吉村は、不承不承《ふしょうぶしょう》という態度で剣を納めたが、内心ほっとしているようだ。倒れている二人に活《かつ》を入れる。

京四郎は、小百合に近づいて、

「あらためて申し上げる。拙者《せっしゃ》は、儒学者の出雲修理之介の息子で、京四郎と申します」

「手東藩江戸留守居《るすい》役・滝沢和戍《たきざわかずもり》の娘、小百合にございます」

小百合は、淑《しと》やかに一礼した。

「出雲先生のご子息でいらっしゃいましたか。先生のご高名《こうめい》は、わたくしのような者でも、予々《かねがね》うかがっております。ご無礼の段、平《ひら》にお許し下さいまし」

「いや……ですが、差し支《つか》えなければ、事情をお聞かせいただけませんかな」

「はあ、それは……」

小百合は、斎藤たちの方を見てから、厳しい表情になって、

「出雲様、父に会っていただけませんか。そして、できれば、お力をお貸しいただきたいのですっ」

五

「――元はといえば、畏《おそ》れ多いことながら、御公儀《ごこうぎ》の政策のせいなのでござる」

手東藩江戸留守居役・滝沢和戍は、静かに語り始めた。

「今より十六年前の享保《きょうほう》七年、将軍家は諸大名を江戸城に集め、上米《あげまい》の制を言

い渡された」

八代将軍吉宗は強運の人である。

紀伊《きい》藩の第二代藩主・徳川光貞《みつさだ》の四男として誕生したが、母親は湯殿掛《ゆどのがか》りという低い身分だったので、生涯《しょうがい》を部屋住みで終わるはずだった。

ところが、五代将軍の綱吉《つなよし》が、どういう気まぐれだったのか、「紀伊殿の四男に会ってみたい」と言ったために、運命が変わった。

一度でも将軍に謁見《えっけん》した以上、飼い殺しは許されないから、分家として、吉宗は丹生《にう》三万石《ごく》の藩主にされた。

さらに、次兄が夭折《ようせつ》、父・光貞の隠居によって第三代藩主となった長兄も、宝永《ほうえい》二年の五月に死亡。八月には光貞が死亡し、四代目となった三兄もまた、翌九月に死亡した。

長兄と三兄には男児がなかったため、「棚から牡丹餅《ぼたもち》」的に、吉宗は、紀伊藩の第五代藩主の座に就《つ》いたのである。

たった五ヵ月の間に、病弱でもない重要人物が続けざまに死亡したのだから、世間から疑惑の目で見られても不思議はない。が、吉宗の異常なほどの強運は、さらに続いた。

六代将軍家宣《いえのぶ》が正徳《しょうとく》二年に死亡、翌年、まだ四歳の家継《いえつぐ》が七代将軍に即位した。その三ヵ月後、次の将軍候補だった尾張《おわり》藩主の徳川吉通《よしみち》が急死している。その跡を継いだ三歳の五郎太丸《ごろうたまる》も、わずか三ヵ月で死亡。尾張藩第六代藩主になったのは、第十三子の継友《つぐもと》であった。

けれど、倹約《けんやく》政策で紀伊藩の財政を立て直した吉宗に比べて、継友は尾張藩の藩政で見るべき成果を挙げていなかったことなどから、世間の評価は低かった。

そして、家継の病死により、正徳六年、三十三歳の吉宗は八代将軍の座に就いた。年号は享保元年に変わった。

もしも、尾張の吉通が健在であれば、吉宗が将軍になる可能性は皆無だったといわれている……。

だが、この時期、徳川幕府の財政は壊滅的状況にあった。旗本御家人《はたもとごけにん》の大量整理をしなければ、どうにもならないほどの土壇場《どたんば》に追い詰められていた。

しかし、それを実行したら、軍事政権である徳川幕府そのものが危なくなってしまう。

財政改革に乗り出した吉宗は、自分の生活から旗本御家人町人諸大名は言うに及ばず、何人《なんぴと》も手をつけられなかった大奥にまで、倹約令をしいた。

しかし、凶作と江戸の大火などが続いて、状況は好転せず、ついに享保七年に、上米の制がしかれたのである。

これは、知行所《ちぎょうしょ》を持たない旗本御家人に対する支給米を大幅に減らし、諸大名からは、一万石につき百石の割合で幕府へ米を上納させたのである。

その代わり、参勤交代《さんきんこうたい》による一年間の江戸滞在を半年に短縮するという条件だった。

社長が社員から借金をするという前代未聞の逆転政策によって、幕府が手にした米は年間十八万七千石。実に、天領からの収入の十五パーセント、旗本御家人への給付米の五十パーセント以上に匹敵したという。

そして、新田開発などによって、やや収入が好転したため、享保十六年に上米の制は廃止された。

幕府財政はそれでよかったかも知れないが、大名たちは、そうはいかなかった。

この時代、商人から借金をしていない藩はほとんどないほどで、どこの財政も幕府同様に火の車だった。

家臣の俸禄《ほうろく》の一割を借り上げるのは、まだよい方で、中には、俸禄の五割も借り上げた藩もあったという。

儒者の太宰春台《だざいしゅんだい》の『経済録拾遺《しゅうい》』には「諸大名の借金を合計したら、日本中に流通している貨幣《かへい》の一千倍になるだろう」とまで書かれているほどだ。

「無論、我が手束藩六万三千石も例外ではござらぬ」

深川にある料理茶屋〈皐月《さつき》〉の離れ座敷で、和戌と出雲京四郎は相対している。

「元禄《げんろく》以来の借金の利払いに喘いでいる時に、毎年六百三十石の上納米《じょうのうまい》……これが苦労であった。前藩主の犬塚持氏《いぬづかもちうじ》様は、元々、癇癖《かんぺき》の御方であったが、病床につかれてから、さらに、それがひどくなってな。二年前、上屋敷《かみやしき》で亡《な》くなられる直前に、将軍吉宗公の政策を徹底的に非難する意見書を書かれたのだ」

「ほほう」

それは大胆な――という言葉を、京四郎は呑《の》みこんだ。

「幸いにも――というのか、それを胸に登城《とじょう》する前に、殿は亡くなられた。意見書は焼き捨てるわけにもいかず、上屋敷の蔵に厳重に保管されたのだが……」

犬塚持氏には、二人の息子があった。庶子《しょし》の長男・春昭《はるあき》と、正室《せいしつ》の産んだ次男・安昌《やすまさ》である。

当然、次の藩主には長男の春昭がなるはずだったが、江戸家老の蟇田六右衛門と正室の篠野《ささの》が手を組み、病弱を理由に春昭を無理矢理に辞退させて、安昌を藩主に仕立て上げたのだという。

ところが、この新藩主は女色に溺れて藩政を顧《かえり》みず、藩の実権は江戸家老の蟇田六右衛門が牛耳《ぎゅうじ》ってしまった。春昭派の滝沢和戍らは、巻返しを図ったが上手《うま》くいかず、藩の借金は膨らむばかり。

ついに、春昭派の一人だった御納戸役の伊能丹三は、非常手段に出た。蔵の中から前藩主持氏の書いた意見書を持ち出して、行方をくらまし、「安昌様が引退して、春昭様を藩主にしなければ、この意見書を公儀に差し出す」と蟇田六右衛門を脅迫《きょうはく》したのである。

「あの意見書を将軍家が目にされたら、間違いなく手束藩は取り潰しになる。危険な賭《か》けだが、今となっては、これ以外に安昌様を引退させる方法がないこともたしかだ。だから、わしは、小百合を連絡係にして、伊能丹三に密《ひそ》かに軍資金を渡している。謀反人《むほんにん》と呼ばれても仕方のないことだが」

「……」

「一方、六右衛門は必死になって丹三の行方を捜し、手練者《てだれ》を送りこんだ。だが、柿崎無道流《かきざきむどうりゅう》の遣《つか》い手《て》である丹三は強い。今までに、五人の刺客を返り討ちにしている。だから、六右衛門は、凄腕《すごうで》の浪人者を金で雇ったらしい」

「それで、小百合殿を囮《おとり》にして、その浪人者を誘《おび》き出し、四人がかりで始末しようとしたのですな」

「左様《さよう》。その浪人者とお手前を間違えたというわけだ。ご容赦《ようしゃ》願いたい」

滝沢和戌は頭を下げた。

「ところで、その伊能丹三という御仁は、どうやって、意見書を将軍家に渡すつもりなのですか。登城途中の老中《ろうじゅう》に直訴《じきそ》しても、受け取ってはもらえないでしょう」

「七代様までの時代であれば、不可能であった。だが、今は、目安箱《めやすばこ》がある」

「――なるほど」

吉宗は、物価混乱による庶民の不平不満を緩和《かんわ》するために、享保六年から目安箱という制度を作った。

江戸城龍ノ口評定所《たつのくちひょうじょうしょ》の前に箱を置いて、庶民が自由に手紙を入れられるようにする。その箱の鍵《かぎ》は小姓《こしょう》が開いて、手紙は吉宗が直接、封《ふう》を切って読む――という仕組みだ。

つまり、将軍への直訴制度である。

この目安箱は、毎月、二日・十一日・二十一日の三日間だけ、朝から正午まで評定所の前に置かれていた。

「今日は三月二十日。明日の朝、辰《たつ》の中刻《ちゅうこく》までに安昌様が引退なさらなければ、意見書を目安箱に投ずる——と丹三は六右衛門に通告したのだ」

辰の中刻——午前九時である。

「すると、今夜一晩、意見書を守り抜けば、江戸家老一味は降参せざるを得ないでしょう。手束藩を潰しては、元も子もないわけですから」

「そうなのだ、そうなのだが……」

和戌の額《ひたい》には、脂汗《あぶらあせ》が浮かんでいた。

「実は……伊能丹三は死んだ」

「死んだ……？」

六

出雲京四郎と滝沢和戌が茶屋で話し合っていたのと同じ頃——江戸《えど》城・吹上《ふきあげ》庭園の馬場では、四頭の馬が土煙を立てて疾走していた。乗っているのは、将軍吉宗と三人の小姓であった。

吹上庭園は紅葉山《もみじやま》の西に位置し、十三万坪《つぼ》以上という広大なもので、騎射馬場、朝鮮馬場など四ヵ所の馬場がある。吉宗たちが使っているのは、半蔵門《はんぞうもん》に近い元馬場であった。

五十五歳の吉宗は六尺《しゃく》豊かな巨漢で、乗っている渡《わたり》という馬も逞《たくま》しい栗毛《くりげ》である。

「さあ、どうした！　遠慮なく参れっ」

右手に三尺の竹刀《しない》を持ち、左手だけで手綱《たづな》を操《あやつ》る吉宗は、若い小姓たちに向かって叫んだ。

「余《よ》に一番槍《やり》をつけた者には、褒美《ほうび》をとらすぞっ」

三人の小姓たちは、二間柄《え》の槍を手にしている。通常、稽古《けいこ》では、先端には綿《わた》を包んだ布をつけた〈たんぽ槍〉が用いられるが、彼らの槍の先端には木製の槍穂《ほ》がついていた。

「御免《ごめん》っ」

小姓の一人が槍を脇《わき》に構えて、吉宗に向かって右後方から突進する。

得物《えもの》の長さが二間と三尺では馬上では勝負にならないはずだが、振り向きながら吉宗は、びゅうと振った竹刀で槍の螻蛄首《けらくび》を一撃した。小姓は堪らず、その槍を取り落としてしまう。

それを見た別の小姓が、左斜め後方から突っこむ。

「おうっ」

吉宗は躊躇《ちゅうちょ》なく、両膝を締めて左手の手綱を放した。そして、軀を捻《ひね》って相手の突きをかわすと、その柄を左手でつかむ。

ねじりながら、ぐいっと引くと、その小姓は馬から転がり落ちた。

「はっはっは、まだまだっ」

再び手綱を取ると、吉宗は心の底から楽しそうに大笑《たいしょう》する。

「上様《うえさま》、お覚悟っ！」

二間柄槍を風車のように頭上で回転させつつ、将軍の左側に併走した最後の小姓が、吉宗めがけて槍を水平に叩きつけた。

さすがに、首筋ではなく背中を狙《ねら》う。馬上で背中を攻撃されると、避ける方法は、まずない。

ばしっと凄《すさ》まじい音がした。が、それは槍が吉宗の背中に命中したからではない。吉宗が右肩越しに背中構えにした竹刀に、槍の柄が衝突したのである。

その態勢から、吉宗は竹刀を跳ね上げた。

「あっ」

小姓の槍は、竹とんぼのように勢いよく宙を舞って、数間ほど先の地面に突き刺さる。

驚異的な手首の筋力であった。普通の武士なら、あのような不自然な受け止め方をしただけで、手首を挫《くじ》いてしまうだろう。

吉宗は手綱を引いて馬を止めると、三人に向かって、

「どうじゃ、降参か」

小姓たちは口々に、

「はっ、完敗でございます」

「上様のお相手をするのには、この十倍の人数が必要でございましょう」

それを聞いて、吉宗は益々《ますます》、上機嫌になる。馬場の入口に立っている人物に、ちらりと目をやってから、

「其《そ》の方《ほう》らも、手加減せずに、よう攻めたな。まずは休息をとれ」

「はっ」

三人は一礼する。

吉宗は馬場の入口に引き返すと、馬方《うまかた》の役人が轡《くつわ》を取った。吉宗は渡から下

りて、愛馬の首を軽く叩いてやる。

武芸好きの吉宗が特に好むのは、乗馬と鷹狩《たかが》りだった。鷹狩りを催《もよお》すのは簡単ではないが、乗馬ならば思い立った時に、すぐに実行できる。

仙台《せんだい》藩と盛岡《もりおか》藩は毎年、選《え》りすぐりの名馬数十頭を江戸に送る。それを吹上庭園で将軍が上覧《じょうらん》し、両藩の馬を三頭ずつ選んで買い上げるのだ。渡も、仙台藩から買った馬である。

これとは別に、好奇心旺盛《おうせい》な吉宗は、地面から鞍下《くらした》までが五尺以上の大型馬という条件をつけて西洋馬を雌雄《しゆう》二十七頭も輸入し、小金原《こがねはら》や佐倉《さくら》の牧場で繁殖させていた。自分の体格が並外れて大きいので、それに合った大きな国産馬を作り出そうというのである。

また、馬方役人たちにオランダ人のケイズルから西洋馬術を学ばせている。

「見たか、忠相《ただすけ》」

吉宗は諸肌脱ぎになって、小姓に汗をふかせながら、近づいてきた大岡越前《おおおかえちぜんの》守《かみ》忠相に気さくに話しかけた。

大岡越前は静かに頭を下げると、にこりともせずに、

「上様は執務の時よりも、乗馬をなされる時の方が、何倍も活き活《い》きとなさって

「おられますな」

「当たり前だ、紀州の野山を駆けずり回って育った山猿《やまざる》だからな。ははは、はは」

この御方は——と、いささかの衰《おとろ》えの兆《きざ》しもない樽《たる》のように頑丈《がんじょう》そうな吉宗の上半身を見ながら、越前は思った。

（今の世で将軍になるよりも、戦国の世に大名として生まれた方が幸福であったかも知れぬ……）

たしかに、戦国大名にも領地経営の才能は必要であったろうが、最も尊ばれるのは合戦の才能である。吉宗の気性、知力、体力、胆力は、合戦の場においてこそ最大限に発揮されるものだ。

しかし、徳川幕府第八代将軍としての吉宗が最も精力を注ぎこまねばならぬ問題は、軍事から最も遠い経済政策であった。

いわゆる享保の改革によって、幕府の公庫は何とか余裕ができたものの、無理に無理を重ねた政策の結果、大名旗本の家計は、まさに火の車となっている。米相場への介入も、失敗した。頻発《ひんぱつ》する飢饉《ききん》と百姓一揆《いっき》も、頭痛の種だ。

そして、もう一つ——。

「よい。さがっておれ」

身繕《みづくろ》いをした吉宗は、小姓たちを遠ざからせて、よく光る大きな眼《め》で大岡越前を見た。先ほどまでとは打って変わって、厳しい表情になっている。

「尾州《びしゅう》で、何かあったか」

「はっ」

二十年近く町奉行を勤めた大岡越前は、三年前に寺社奉行に昇格した。寺社奉行は地味な役目だが、全国の寺社から独自の情報を入手できる。

「尾張公は藩財政を立て直すために、百姓から人別金《にんべつきん》を商人から上納金をとることを考えておられます」

「ふうむ……そこまで行き詰まったか」

浅黒い吉宗の顔に、笑みが浮かんだ。馬上の明るい笑みとは違う、屈折した、残忍さすら感じられる笑みであった。

尾張徳川家第七代藩主・宗春《むねはる》は、吉宗にとって不倶戴天《ふぐたいてん》の敵ともいうべき存在であった。

吉宗が倹約政策で幕府の難局を乗り切ろうとしている時に、尾張中納言《ちゅうなごん》宗春は全《まった》く逆のことをやった。城下町の名護屋《なごや》に遊郭や芝居小屋を乱立させ、自らもお国入りの際には華美な衣装をまとって、消費の拡大を奨励《しょうれい》したのである。

極端な倹約令によって寒々とした風景となった江戸と反対に、名護屋の街は活気に溢《あふ》れ、周辺の国からも人間が流れこんで、商業活動は大いに活発になった。しかも宗春は、藩主になるとすぐに『温知政要《おんちせいよう》』という本を書いて家臣たちに配ったのだが、その中身は「改革が常に正しいとは限らない」というように、吉宗の倹約政策に対するあからさまな批判だった。

身内である御三家《ごさんけ》に自分の政策を反対されては、将軍としての面子《メンツ》にかかわる。吉宗は尾張藩邸に石川庄九郎政朝《いしかわしょうくろうまさとも》と滝川播磨守元長《たきがわはりまのかみもとなが》を譴責《けんせき》の使者として送ったが、逆に宗春に論破《ろんぱ》される有様《ありさま》であった。

しかも、享保十八年に宗春は、百年ぶりに木曾《きそ》で二万人を動員した大がかりな巻狩《まきが》りを計画したのである。それは、軍事演習としか思えぬものであった。結局、家臣の説得によって巻狩りは中止されたが、この頃、巷《ちまた》には宗春謀反の噂《うわさ》すら流れたのである。

宗春が憎い。できれば、叩き潰したい。

しかし、六十二万石の尾張徳川家は、吉宗が出た五十万石の紀州徳川家よりも格上である。そこいらの小さな外様《とざま》大名のように、簡単に取り潰しを命じることはできない。

両者の暗闘は続いたが、最近になって、宗春の経済活性化政策も失敗であることが、明白《めいはく》になった。藩の赤字が七万両を超えたのだ。

今の宗春は、遊郭を合併《がっぺい》させて数を減らし、新規の芝居小屋の建設を停《と》めたりして、風紀粛正《ふうきしゅくせい》を図っている。その上、今度は上納金に頼ろうというのだ。

あれほど自信満々だった経済開放政策は一体、何だったのか——吉宗の心は黒々とした喜びで満たされた。

「遅くとも、ここ半年以内には実行されるでしょう」

「なるほど、な」

徳川八代将軍吉宗は、晴れ晴れとした表情で言った。

「槍合戦は楽しかったし、朗報もあった。明日の目安箱にも、何か面白い訴状が入っているとよいな。ははは」

七

江戸城・和田倉《わだくら》門外の龍ノ口、伝奏《てんそう》屋敷の隣に評定所はある。

ここへ向かう最短の行路は、日本橋呉服《ごふく》町から呉服橋を渡って曲輪《くるわ》内に入ることだろう。

次に考えられるのは、町年寄《まちどしより》・奈良屋市右衛門《ならやいちえもん》の屋敷の前の常磐橋《ときわ》か、本多家上屋敷の前にある神田《かんだ》橋から曲輪に入る行路だ。

が——出雲京四郎たちが身を隠したのは、神田橋の西側にある一ッ橋の前、護《ご》持院《じいん》ヶ原《がはら》であった。

五代将軍綱吉が、祈禱僧《きとうそう》・隆光《りゅうこう》のために建立《こんりゅう》したのが、元禄山護持院である。享保二年の大火で類焼したため、護持院は大塚《おおつか》へ移転した。その三万坪の跡地に芝生が植えられて、広大な火除地《ひよけち》となった。

これが、護持院ヶ原である。

お濠《ほり》に面して景色がよいので、夏から秋にかけては一般に開放され、茶屋なども出ていた。冬から春にかけては、時として将軍が鷹狩りを楽しむくらいだから、小動物も多く棲息《せいそく》している。

その護持院ヶ原の、この時期は閉鎖されている茶屋の一つに、前藩主の意見書をもった京四郎と滝沢小百合は、潜んでいるのだった。二人だけである。

滝沢和戍の配下は、小百合に年恰好のよく似た娘を連れて、囮として半蔵門に近い麴町《こうじまち》に集結していた。

今までに五名の手練者を撃退した伊能丹三は、五人目の刺客と闘った時、ほとんど相討ちになった。そして、一昨日、ついに息を引き取ったのである。

巧妙に後始末をして、丹三が手負った痕跡《こんせき》は消したから、蟇田六右衛門たちは、それに気づいていないらしいが。事情を聞いた京四郎は、滝沢和戊に懇願されて、彼らの味方になったのである。

「京四郎様」と小百合が言った。

「お伺《うかが》いしたいことがあるのですが」

「何ですかな、小百合殿」

二人がいるのは、土間《どま》の奥の切り落としの小座敷だった。

行灯《あんどん》を点《つ》けることはできないから、障子窓《しょうじまど》の隙間からわずかに射《さ》しこむ月光だけが頼りである。

今は、丑《うし》の上刻《じょうこく》――深夜の二時くらいだ。

「京四郎様はどうして、わたくしの乗った駕籠を……」

尾行したのか――という言葉を、小百合は行儀よく口にしなかった。ただ、十九歳の乙女《おとめ》らしい期待が、その双眸《そうぼう》に輝いている。

この一月《ひとつき》ほどの経験で、女心が多少、理解できるようになった京四郎は、小百合がどんな答えを求めているのか、推測できた。

偶然、駕籠に乗るところを見初《みそ》めた──というような、浪漫的《ろまんてき》なことを言って欲しいのだろう。

「それには──」

京四郎は、じっと小百合の瞳《ひとみ》を見つめて、

「一口《ひとくち》にはお話しできない、一度聞いただけではとても信じていただけないような、特別な理由があるのです。ですが、それは、この大事の決着がついてから、お話ししましょう。今は、明日の辰の中刻までその意見書を守ることにのみ、気を集中したいので」

「まあ……お許しください。小百合が愚《おろ》かでございました。御家の存続にかかわる大事だというのに……」

文箱《ふばこ》を胸にかかえている小百合は、しょんぼりとして目を伏せた。

「いけませんな」京四郎は微笑した。

「そんな風に俯いてしまうと、あなたの綺麗な瞳が見えなくなってしまう」

「そんな……京四郎様……」

嬉《うれ》しそうに困惑する小百合は、襟首《えりくび》から耳まで赤く染まる。と、京四郎の顔が、急に引き締まった。

「来たかっ」

「え？」

「小百合殿、ここを動いてはなりませんぞ」

京四郎は大刀を腰に落とすと、そっと出入口に向かった。少しの間、外の気配を窺《うかが》ってから、静かに表戸を開く。

二十日月《はつかづき》に照らされて、草原に孤影《こえい》が立っていた。他に人影は見えない。後ろ手に表戸を閉じると、京四郎は、その男に近づいた。

「ほほう、奇遇《きぐう》だなあ」

真桑利大記は言った。

「御家騒動に首を突っこむような男には見えなかったが……幾ら貰《もら》った」

半月ほど前に、京四郎は、この大記と会っている。恐るべき遣い手だということも、よく承知していた。

「私は、金のために味方しているのではない。今回の騒動の非《ひ》は、蟇田六右衛門の側にあると思ったからだ」

「ふふん。貴公《きこう》が、こっちにいるということは、伊能丹三は半蔵門の方か。別動隊の手におえるかな」

「丹三は死んだ」

「何っ」さすがに大記は驚いたようだが、

「……なるほど、五人目の奴《やつ》が手柄を立てたってわけだな。それで、伊能の後釜《あとがま》が貴公ということか」

薄ら笑いを浮かべた大記の眼に、何ともいえない光が浮かんだ。

「つまり、意見書は、貴公か茶屋の中の奴が所持しているのだな」

「……だとしたら？」

大記は、ゆっくりと刀を抜いて、

「だとしたら……今日が貴公の命日になるのだ」

正眼に構える。京四郎も、さっと抜き合わせる。

落ち着いているつもりだったが、柄を握った手の内に汗をかいていた。右八双《みぎはっそう》に構える。

二人は対峙した。

大記の幽鬼《ゆうき》のように尖《とが》った肩から、腐敗した沼の瘴気《しょうき》のように濃厚な殺気が立ち上っている。京四郎は、自分のこめかみが焦《こ》げるような感覚を味わった。

「もう少し腕を上げた貴公を斬りたかったのだが……まあ、仕方あるまい。これも仕事でなあ」

その言葉の終わらぬうちに、京四郎は激烈な気合とともに、斬りかかった。が、鋭い金属音とともに、大刀が弾《はじ》き返される。

ぱっと跳び退《さ》がった京四郎は、自分の左袖が斬り裂かれているのに気づいて、慄然《りつぜん》とした。

「よくぞ、かわした。だが……次はどうかな」

そう言って、大記が一歩前へ踏み出した時、茶屋の奥から小百合の悲鳴が上がった。複数の男の罵声《ばせい》もする。

「さ、小百合殿っ⁉」

「江戸家老殿と家臣たちだ。どうやら、意見書を手に入れたようだな」

考えてみれば、真桑利大記が一人で、ここへやってくる理由はなかったのだ。

京四郎は反射的に、茶屋の方へ走ろうとする。

が、大記が素早く、その前に立ち塞がった。

「む……」

唇を嚙《か》んで、京四郎が大刀を構え直した瞬間、この世のものとは思えぬ絶叫が、茶屋の中から聞こえた。小百合ではなく、男のものだ。

続いて、濡れた重いものが土間に叩きつけられる音と、別の男の悲鳴が聞こえる。つまり、蟇田側の奴らに何かが起こったのだ。

「おい……あの茶屋の中には、女以外に誰《だれ》かいたのか」

さすがに不審げに、大記が訊《き》く。

「そんなはずはないっ」

京四郎は茶屋へ飛びこんで、

「うっ……!?」

その場に立ち尽くしてしまう。

土間は血の海であった。そこに、腹部や顔面を引き裂かれた武士が三人、倒れている。そして、小座敷に異様な人物が立っていた。

襤褸屑《ぼろくず》のような焦茶色の布をまとった大男だ。単髷《たんまげ》の古い面を被《かぶ》っている。左腕に、気を失った小百合をかかえこんでいた。そして、右手に装着した手甲《てっこう》鉤《かぎ》に、初老の武士を引っかけている。こいつが、蟇田六右衛門だろう。手甲鉤の先端が、首の反対側へ突き抜けている。すでに、絶命していた。

「何者だっ、貴様は！」

「俺か……」

大男は、面の下で喋《しゃべ》ったらしい。

「俺は、奉魔衆《ほうましゅう》の金剛《こんごう》。この女は、いただいてゆく」

たしかに、その面は伎楽《ぎがく》に用いられる〈金剛〉の面であった。

「奉魔衆だと……ふざけるなっ」

斬りかかろうとした京四郎に向かって、金剛は、右手の手甲鉤に引っかけていた六右衛門の軀を、人形のように軽々と投げつけた。京四郎が身を屈《かが》めて、それをかわすと、六右衛門の死骸《しがい》は表戸を割って外へ転がり出る。

それを振り返って見る暇もなく、小百合を小座敷に放り出した金剛が、飛鳥のように襲いかかってきた。

京四郎が大刀を横へ振るうと、巨体に似合わぬ柔軟さで軀を捻って、それをかわす。かわしながら、左手で天井を突いて飛翔《ひしょう》の軌道を変えると、斜め右へ着地した。

そして、表へ飛び出す。京四郎も、表へ飛び出した。が、そこにあるはずの金剛の姿がない。

（上だっ）

恐怖で襟足の髪が逆立つのを感じながら、京四郎は、咄嗟《とっさ》に左へ転がった。

間一髪《かんいっぱつ》、元いた場所へ金剛の巨体が落下してきて、手甲鉤が地面に深々と突き刺さる。京四郎は横になったままで、片手で大刀を振るった。

「ぬおおォォっ」

金剛は吠《ほ》えた。肘《ひじ》の部分から、右腕を切断されたからだ。

切断面から鮮血を振り撒きながら、京四郎に左手でつかみかかる。巨体がのしかかるのに合わせて、京四郎は、諸手突きを繰《く》り出した。

「ぐ……ふ……」

金剛の動きが停止した。大刀の切っ先が、太い首の盆《ぼん》の窪《くぼ》から突き出している。

中枢《ちゅうすう》神経を破壊された巨漢の目から光が失われた。

滴《したた》り落ちる血を胸元に浴びた京四郎は、金剛の軀を横倒しにして、ようやく、立ち上がった。荒い息を吐《は》く。

が、すぐに真桑利大記の存在を思い出して、大刀を構え直した。

「やめておこう」

すでに、大記は刀を納めていた。

「依頼主が死んで、もう、後金は貰えぬ。貴公を斬る理由もなくなった」

巨漢の死体を一瞥《いちべつ》して、

「何だか知らんが、貴公は、ややこしいことに巻きこまれたようだな。まあ、次に俺と立ち合うまで、せいぜい腕を上げておいてくれ。じゃあな」

そう言い捨てて、大記は立ち去る。

彼の後ろ姿を眺めているうちに、出雲京四郎は、自分が汗でずぶ濡れになって震えていることに気づいた。

八

「ああ…京四郎様……わたくし、羞かしくて死んでしまいそうです……」

滝沢小百合は、一糸まとわぬ裸身をくねらせた。優美な肢体だ。

これも全裸の出雲京四郎が、その下腹部に顔を埋めて、赤みを帯びた花園に舌を使っている。

逆三角形に生えた秘毛は繊細《せんさい》で、柔らかい。花園の左側に、小さな黒子があった。

二人がいるのは、浅草の料理茶屋の二階の座敷であった。護持院ヶ原の惨劇から五日ほど過ぎた日の午後だ。

江戸家老の蟇田六右衛門が死んだことを伝えると、藩主の犬塚安昌は自分から隠居したいと言い出した。早速、新任の江戸家老が老中に運動して、春昭の新藩主就任が順調にいくように手を打っている。

来月半ばには、正式に春昭が手束藩主として将軍吉宗に謁見できる予定だ。

小百合を、この茶屋に呼び出した京四郎は、八犬女と埋蔵金の話を包み隠さずに説明した。

すると、小百合の方から、

「……わかりました。わたくしを信じて打ち明けてくださったのですから、決して誰にも洩《も》らしたりいたしません。わたくし……京四郎様のお役に立てるのでしたら……喜んで、この操《みさお》を捧《ささ》げます」

俯いて、蚊《か》の鳴くような小さな声で、そう言ったのである。

京四郎は、礼を言って、彼女の唇を吸った。そして、静かに小百合の着物を脱がせたのである……。

「あっ…そのようなっ」

背後の排泄孔を中指の腹で撫でられて、小百合は、抗《あらが》うような素振りを見せた。

だが、それとは正反対に、処女の花園からは新たに透明な愛汁《あいじゅう》が溢れる。

京四郎は軀の位置を変えて、小百合の上に覆《おお》いかぶさった。濡れそぼった十九歳の秘裂に巨砲の先端をあてがうと、腰を進める。

「――っ!!」

小百合は仰《の》けぞった。

最大の直径を持つ部分が関門を通過したところで、京四郎は腰を静止させた。

引き裂かれた純潔の肉扉の痛々しい脈動が、彼の男性自身に伝わる。生まれて初めて、処女地に刻印を穿《うが》った感動と、小百合に対する感謝の念が、京四郎の胸を熱くした。

固く閉じた小百合の目の端《はし》から、涙の粒がこぼれていた。京四郎は、そっと涙の粒を吸ってやった。

それから、くちづけをした。小百合は、舌を絡《から》めてくる。互いの舌を吸い合っていると、下半身の緊張が解けてくるのを感じた。

唇を離した京四郎は、男根を前進させることを伝える。

「京四郎様の…お心のままになさって……」

健気《けなげ》にも、小百合は、そう言った。

京四郎は巨砲の根元まで挿入すると、ゆっくりと時間をかけて、小百合の官能を燃え立たせてゆく。やがて、小百合の肉体は大胆なほど反応するようになった。

およそ半刻――一時間ほどかけた愛交の末に、京四郎は、したたかに放った。肉の最深部に熱い聖液の奔流《ほんりゅう》を浴びせられて、小百合は絶頂に達する。

余韻《よいん》を十分に味わってから、京四郎が軟《やわ》らかくなった肉柱を抜き取ると、ぽっかりと口を開いた花孔から、赤いものが混じった溶岩流が逆流してくる。それから、ぷるっと花弁が身震いするや、花孔から螢光《けいこう》を放つ水晶珠《だま》が産み落とされた。

その珠の中央には、〈孝〉の字が浮かんでいる。百万両の在処《ありか》を秘めた宝珠だ。

（やはり……八犬女の言い伝えは真実であったか！）

宝珠を懐紙《かいし》に包んだ京四郎は、桜紙《さくらがみ》で後始末をすると、再び小百合と抱き合った。

「京四郎様……二度とお会いすることのない小百合です。はしたないお願いですけれど……もっと、可愛《かわい》がってくださいまし」

「小百合殿っ」

京四郎は、熱い接吻《せっぷん》をかわした。二度目の行為に移りながらも、京四郎の頭の隅《すみ》には、不吉な黒雲がかかっている。あの金剛という大男のことであった。

（奉魔衆とは何者であろうか……何故《なにゆえ》、小百合殿をさらおうとしたのか？）

京四郎の懸念《けねん》を知るよしもなく、小百合は愛される悦びに全身を火照《ほて》らせて、甘い啜《すす》り泣きを漏らすのであった……。

第三章　怪異奉魔衆《かいいほうましゅう》

一

お種《たね》は、ふと首筋に視線を感じて立ち止まり、振り返った。

ゆるやかな上り坂になった山道には、しかし、人影も獣《けもの》の姿もない。山道の左側には林が広がり、右側には賑《にぎ》やかに群れ咲いた黄萱《きすげ》が、明るい陽射《ひざ》しの中で、そよ風に揺《ゆ》れている。

汗ばむほどの陰暦《いんれき》三月末の温気《うんき》が、山を包みこんでいた。春から夏へと季節が移り変わる境目の、穏《おだ》やかな午後である。

「何だい、気のせいか」

十八歳の百姓娘は、誰《だれ》に聞かせるともなく呟《つぶや》いた。ちょっと、照れ笑いを浮かべる。ぜんまいや蕨《わらび》やこごみなどの山菜でいっぱいになった背負い籠《かご》を揺すり上げると、進行方向へ向き直った。

「ひっ⁉」

ほんの半間《はんげん》ばかり先に、いつの間にか、墨衣《すみごろも》をまとった長身の雲水《うんすい》が立っていた。ほんの少し前までは、そこには誰もいなかったはずなのに。

饅頭笠《まんじゅうがさ》を被《かぶ》っているので、雲水の顔はわからない。

ただ、その笠の下から、茶色に日焼けした丸い顎《あご》と半円に近い形の微笑を浮かべた厚い唇《くちびる》が見える。それと、ひどく長い耳朶《じだ》もだ。

いつものお種ならば、旅の僧侶《そうりょ》に出会ったら、他《ほか》の多くの庶民と同じように、必ず丁寧《ていねい》に頭を下げるはずであった。

だが、今の彼女は顔を蒼白《そうはく》にして、膝頭《ひざがしら》を震《ふる》わせていた。

目の前の雲水から、ただならぬ邪気《じゃき》が感じられたからである。

「ふ、ふふ……」

唇を全《まった》く動かさずに含み笑いを洩《も》らすと、雲水は、錫杖《しゃくじょう》の石突《いしづき》を地面に突き刺した。しゃりんっ、と先端の六つの環《わ》が鳴り響《ひび》く。

すると、雲水の肩越しに、音もなく何か黒いものが起き上がった。蝙蝠《こうもり》が翼を広げるように、左右に黒い袖《そで》を広げてゆく。

雲水の姿が翳《かげ》った。その時になって、お種は、ようやく黒いものの正体を知った。

それは、闇《やみ》であった。

生きた闇であった。

水槽に流しこまれた墨汁《ぼくじゅう》のように、その闇は日光を遮《さえぎ》って、じわじわと雲水の周囲を黒く塗《ぬ》り潰《つぶ》してゆく。

お種は逃げようとした。だが、足が動かなかった。足だけではなく、背負い帯《おび》に掛けた両手の指も動かなかった。喉《のど》の筋肉が引きつって、悲鳴を上げることすらできない。

ついに、お種の左右にも闇の触手《しょくしゅ》が伸びてきた。頭の上にもだ。

行灯《あんどん》の灯を吹き消したように、彼女の周囲が暗闇に変わった。足下の地面も見えない。なぜか見えているのは、自分の軀《からだ》と雲水だけであった。

「横倉《よこくら》村のお種だな」

そう言って、雲水は饅頭笠を取る。

「っ！」

お種は、目を見開いた。

笠の下にあったのは、顔ではなかった。木彫《きぼ》りの面《めん》だったのである。
半円を描いて吊《つ》り上がり、両端が深く窪《くぼ》んだ厚い唇。突き刺すように高く尖《とが》った、大きな鷲鼻《わしばな》。斜めに吊り上がった細い眉《まゆ》。長く垂《た》れ下がった平べったい耳。そして、額《ひたい》につけられた金銅透《こんどうす》かし彫りの宝冠《ほうかん》。杏仁《あんにん》形の目の中央に穿《うが》たれた、暗い孔《あな》。

もしも、お種に伎楽《ぎがく》の知識があったなら、それが〈呉公《ごこう》〉の面だと気づいたであろう。

「案ずるな。お前を極楽に導《みちび》いてやろうというのだ。これで、な」

呉公の面をつけた雲水は、頭陀袋《ずだぶくろ》の中から横笛を取り出すと、それを唇にあてがった。幽玄《ゆうげん》なる笛の音《ね》が、闇の中に流れ出す。

ぷちっ、と背負い帯が切れて、籠が地面に落ちた。山菜が黒々とした地面に散らばる。

次に、まるで見えない刃物で切り裂かれたように、お種の裾短《すそみじか》な野良着や脚《きゃ》絆《はん》が、細かく千切《ちぎ》れて、はらはらと舞い落ちた。野良着の下の半襦袢《はんじゅばん》や下裳《したも》もだ。肉づきのよい健康的な肢体が、完全に露出してしまう。

身につけているのは、埃除《ほこりよ》けの手拭《てぬぐ》いと草鞋《わらじ》だけになった。完全な裸体よりも、扇情的《せんじょうてき》な恰好《かっこう》である。

「ああ……」

立ちつくしたまま、お種は呻《うめ》いた。

下腹部の繁《しげ》みは豊饒《ほうじょう》だ。その繁みの奥からこんこんと湧《わ》き出した透明な愛汁《あいじゅう》が、白い太腿《ふともも》の内側を、とろりと流れ落ちる。

笛の音に肌を愛撫《あいぶ》されて、十八歳の生娘《きむすめ》の肉体は、どうしようもなく燃え上がっているのだった。

「さて、と――」

呉公は笛をしまうと、お種の股間《こかん》に右手を伸ばした。

二

日光街道《にっこうかいどう》は、江戸日本橋《えどにほんばし》を起点とするいわゆる五街道の一つだ。

日本橋から千住宿《せんじゅじゅく》を通り、日光東照宮《とうしょうぐう》の門前町である鉢石宿《はちいし》まで、二十一宿三十六里《り》。十七番目の宿駅である宇都宮《うつのみや》までは、奥州《おうしゅう》街道と共通になっている。

元和《げんな》三年に完成した日光東照宮は、言うまでもなく、江戸幕府《ばくふ》の開祖・徳川家《とくがわいえ》康《やす》を祀《まつ》った神社だ。

その東照宮へは、二代将軍の秀忠《ひでただ》は四回、祖父を尊敬して止《や》まぬ三代将軍の家《いえ》光《みつ》は何と十回、わずか十一歳で即位した四代将軍の家綱《いえつな》も、二回参詣《さんけい》している。そして、〈犬公方《いぬくぼう》〉として有名な五代将軍綱吉《つなよし》も日光参詣をしたがったが、ついに叶《かな》えられなかった。幕府の財政が悪化していたからである。

この日光参詣を実に五十五年ぶりに復活させたのが、現将軍の吉宗《よしむね》だ。

ちょうど十年前の享保《きょうほう》十三年に実行された片道三泊四日の道中の御供は、何と総勢十三万三千人。動員された人足が二十二万八千三百六人、馬が三十二万五千九百頭におよぶ。

将軍家の威勢を天下に示すための行列とはいえ、凄《すさ》まじいほどの規模である。さすがに幕府の財政再建を標榜《ひょうぼう》する吉宗だけに、莫大《ばくだい》な費用を必要とする日光参詣は、まだ、この一度しか行なっていない。

下野国河内郡《しもつけのくにかわちごおり》宇都宮宿は、千住宿に次いで日光街道で二番目に大きい宿駅で、戸数千二十数軒、人口六千数百人。本陣《ほんじん》が二軒、脇《わき》本陣が一軒、旅籠《はたご》数が四十二。

宇都宮藩の城下町であるが、元々は宇都宮大明神《だいみょうじん》の門前町として発展した土地であった。

初代藩主は、蒲生秀行《がもうひでゆき》。その蒲生が会津《あいづ》へ国替《くにがえ》になると、次に藩主となったのは奥平家昌《おくだいらいえまさ》であった。

家昌は、徳川家康の長女で、二代将軍秀忠の姉でもある亀姫《かめひめ》――加納御前《かのうごぜん》の息子。この家昌が死亡すると、わずか六歳の忠昌《ただまさ》が藩主となった。

元和五年、奥平忠昌は下総古河《しもうさこが》へ転封《てんぽう》になり、次席老中《ろうじゅう》の本多上野介正純《ほんだこうずけのすけまさずみ》が、下野小山《おやま》三万三千石《ごく》から宇都宮十五万五千石へと破格の移封《いほう》となった。

正純は、父の本多正信《まさのぶ》とともに、徳川政権確立のために尽力《じんりょく》してきた実力者である。

だが、元和八年四月――有名な〈宇都宮釣天井《つりてんじょう》疑惑〉という事件が起こった。

二代将軍秀忠は、日光参詣の往路、古河に次いで宇都宮に一泊した。しかし、その帰路には、予定を急遽《きゅうきょ》変更して、宇都宮には泊まらず、壬生《みぶ》・岩槻《いわつき》に泊まって二泊三日で江戸へ戻った。

通常は三泊四日の旅だから、異常な事態である。

実は、孫の忠昌が左遷されたことを恨んだ加納御前が、「本多正純に将軍暗殺の計画あり」という密書を、日光にいる弟の秀忠に送ったのだという。

加納御前の娘は大久保忠隣《おおくぼただちか》の嫡男《ちゃくなん》・忠常《ただつね》に嫁いでいるが、その大久保父子は、本多正信・正純の策略により改易《かいえき》されている。そのことも、加納御前が本多正純を憎む理由であった。

実際、その後、老中の井上正就《いのうえまさなり》が宇都宮城の検分をしているが、怪《あや》しい点は見つからなかった。

にもかかわらず、この年の八月下旬、改易になった最上義俊《もがみよしとし》の城受け取りのために山形へ向かった本多正純は、そこで突然、領地は没収、出羽由利《でわゆり》にて賄料《まかないりょう》五万石という処分を伝えられる。

激怒した正純は、賄料を貰《もら》うことを固辞《こじ》した。

すると、今度は、賄料を固辞したからという理由で、正純は仙北郡大沢村《せんほくぐんおおさわ》へ蟄居《ちっきょ》となった。それから、横手《よこて》城主・佐竹義宣《さたけよしのぶ》に預けられ、幽閉《ゆうへい》されたまま七十三歳で死去した。

皮肉にも、自分たちが陥れた大久保忠隣や安房里見《あわさとみ》家の里見忠義《ただよし》と同じ最期《さいご》であった。

この本多正純追い落とし事件の黒幕は、土井利勝《どいとしかつ》であったといわれている。

その後も宇都宮藩主は色々と交替したが、現在では、戸田忠余《とだただみ》が第十三代目の藩主となっている……。

「聞いたかね。また、若い娘が殺されたそうだ」

「何だって、これで四人目じゃないか。今度は、どこの誰だい」

「横倉村のお種という娘だよ。昨日《きのう》、杉《すぎ》の木の枝から逆さに吊るされているのを、通りがかりの者が見つけたんだ。可哀想《かわいそう》に、ホトケは素っ裸の上に腹を裂かれていたそうだ」

「何てまあ、酷《むご》いことを……で、やっぱり犬絡《いぬがら》みかね」

宇都宮宿の入口にある煮売り屋──出雲京四郎《いずもきょうしろう》は、その店の隅《すみ》の卓で遅い昼食を摂《と》りながら、彼らの話を聞いていた。

灰緑《かいりょく》色の地に鮫小紋《さめこもん》の着流し姿で、腰に大小二刀を落としている。旅支度《たびじたく》であった。左手首には、美しい水晶の数珠《じゅず》が二連に巻かれている。

長身で肩幅が広く、着瘦《きや》せして見えるが、兵法《ひょうほう》修行で鍛《きた》え抜かれた着物の下の肉体は軍馬《ぐんば》のように逞《たくま》しい。

年齢は二十三歳だ。月代《さかやき》を伸ばし、前髪が一房《ひとふさ》、右眉《まゆ》の上に垂れている。秀《しゅう》麗《れい》な容貌《ようぼう》だが、固く引き結んだ唇が余分な甘さを打ち消して、男らしさを強調していた。

「──少しものを尋《たず》ねるが」

箸《はし》を置いた京四郎は、話をしている店の主人と中年の煙草《たばこ》売りの方を向いて、静かに言った。

「へ、へい」

突然、旅の浪人《ろうにん》に声をかけられて、四十過ぎと見える主人は怯《おび》えたような顔になった。

「その犬絡みの事件とはどういうものか、教えてくれぬか」

「へい、お安い御用で」

京四郎の穏やかな問いに、主人は笑顔を見せた。逃げ腰になっていた煙草売りも、ほっとした表情になる。

「実は、お武家様」主人は身を乗り出して、

「ここ十日ほどの間に、この近在で、若い娘ばかりが四人も続けて殺されているんでございます。しかも、それが皆、〈犬〉にかかわりのある娘ばかりで……」

最初の犠牲者は、宇都宮の南の雀宮《すずめのみや》宿に住む馬方《うまかた》の娘、お米《よね》である。十六歳のお米は、父親に命じられて夜、酒を買いに出て、そのまま帰らなかった。居酒屋は、ほんの数軒先にあったのだが。

そして、翌朝、宿場《しゅくば》外れの水車小屋の水車に、全裸で括《くく》りつけられ死んでい

るのを、お米が可愛《かわい》がっていた熊《くま》という大きな飼い犬が見つけのだった。股間から腹部まで切り裂かれ、内臓を抉《えぐ》り出されているという無惨な死骸《しがい》であった。犯人の手がかりになるようなものは、何もなかった。

その二日後、今度は、宇都宮宿の脇本陣の女中で、十七歳のお北《きた》という娘が惨殺死体で発見された。この脇本陣の姓が〈乾《いぬい》〉であった。これも、犯人は不明である。

ここまでは偶然かと思えたが、さらに三日後、宇都宮宿の北の徳治郎《とくじろう》宿で、お勘《かん》という二十歳の女が殺されたのである。

この女は、大沢《おおさわ》宿の蕎麦《そば》屋の娘だった。そして、大沢宿は、宇都宮宿の西北西──すなわち、戌《いぬ》の方角にあたる。お勘もまた、全裸で、腸《はらわた》を抉り取られていた。

そして、また、昨日、宇都宮宿と徳治郎宿の間にある横倉村で、お種という百姓娘が殺されたのだ。その死体が吊るされていた大木の根元に、季節外れのいぬふぐりの青い花が、咲き乱れていたという……。

「なるほど、それは面妖《めんよう》な事件だな」

煮売り屋の主人の話を聞いた京四郎は、考えこむ表情になった。

「とにかく、これだけ非道《ひどう》な殺し方をしているのに、怪しい奴《やつ》を見たという者が誰もいないんで。天狗《てんぐ》の仕業《しわざ》じゃないかという者も、おります。年頃《としごろ》の娘がいて、犬を飼っている家は大騒ぎですよ」

「その上、とてつもない災厄が起きる前には汗をかいて知らせるって言い伝えのある長楽寺《ちょうらくじ》のご本尊《ほんぞん》の阿弥陀《あみだ》様が、一昨日《おととい》の朝、汗をかいたんですよ。それで、余計に騒ぎが大きくなってます」

いかにも喋《しゃべ》り好きという顔つきの煙草売りが、脇から口を挟む。京四郎が〈安全〉な浪人と判断したのだろう。

「年齢《とし》が十六から二十歳までの女で、何かしら犬に関係がある……殺された者たちの共通点は、これだけかな。たとえば、軀のどこか同じ場所に黒子《ほくろ》があるとか……」

「黒子の話は聞いてませんが、さて、他に何かあるとしたら……あ、そうだっ」

煙草売りは、煙脂《やに》だらけの歯を見せて、ちょっと好色な笑みを見せる。

「四人が四人とも身持ちが堅くて、たぶん、生娘だったろうってことくらいですかね。勿体《もったい》ない話ですよ。へへへ」

三

浪人・出雲京四郎は、百二十年前に取り潰しになった安房里見家の重臣で金山《きんざん》奉行の窪田志摩之介《くぼたしまのすけ》の子孫である。

里見家取り潰しの際に、家老の正木大膳亮《まさきだいぜんのすけ》は、役行者《えんのぎょうじゃ》の化身と思われる不思議な老爺《ろうや》の霊夢を見た。その老爺は、里見家が先祖代々貯《たくわ》えた百万両《りょう》相当の黄金を、御家再興の日のために密《ひそ》かに埋蔵せよ――と告げた。

その隠し場所は、誰かに教えることも地図を残す必要もない。なぜなら、窪田志摩之介の子孫に、男根に八つの黒子がある子供が誕生した時こそ、里見家再興の時期だからだ。

出雲京四郎こそ、その八連黒子の男児であった。

八連黒子の男児誕生と相前後《あいぜんご》して、子宮の中に宝珠《ほうじゅ》を宿らせた八人の女が、関八州《かんはっしゅう》のどこかに誕生する。戦国時代に、伏姫《ふせひめ》の数珠から飛散した〈仁《じん》・義《ぎ》・礼《れい》・智《ち》・忠《ちゅう》・信《しん》・孝《こう》・悌《てい》〉の宝珠を持つ八犬士《はっけんし》の活躍で里見家は滅亡の危機から救われた。この女児たちは、その女性版、いわば〈八犬女《にょ》〉といえよう。八犬女が年頃になった時、八連黒子の男と交わって無事に破華《はか》を済《す》ませれば、その体内から宝珠が転がり出てくる。その宝珠が八個集まれば、百万両の埋蔵金の隠し場所が判明するというわけだ。

それだけの巨額の資金があれば、幕府の要人たちに賄賂《まいない》をばら撒《ま》き、里見家を再興しても、なお余裕があろう。そのために、京四郎は、正木大膳亮の子孫である美女・浅乃《あさの》から女体攻略術を伝授され、その道の達人となったのだ。

浪人儒学者《じゅがくしゃ》・出雲修理之介《しゅりのすけ》の息子として生まれて、文武両道に励み、ひたすら己《おの》れの心身を鍛え上げてきた京四郎としては、まるで女衒《ぜげん》か女誑《おんなたら》しのような真似《まね》をするのには抵抗があった。

だが、主家の再興のためという大義名分を持ち出されると、武士の子として拒否するわけにはいかない。それに、十日ほど前、江戸府内で最初の宝珠〈考〉を入手してから、京四郎の考えは少し変わった。

第一の八犬女・滝沢小百合《たきざわさゆり》は、手束藩江戸留守居役《たつかはんえどるすいやく》の娘で、手束藩は現藩主と藩主の実兄をめぐる血腥《ちなまぐさ》い御家騒動の真っ最中であった。

実兄側に正義があるとみた京四郎は、小百合たちに味方し、藩主交替を成功させた。

京四郎の尽力に感謝した小百合は、宝珠の伝承を説明されると、十九年間守り通した大事な操《みさお》を、羞《は》じらいながら彼に捧《ささ》げたのである。

京四郎は、習い覚えた閨房術《けいぼうじゅつ》を駆使して、処女の小百合を羽化登仙《うかとうせん》の快楽郷《かいらく》に導き、宝珠産出の瞬間を目撃した。

（そうだ）と京四郎は気づいたのである。

（女人《にょにん》を騙《だま》すのではなく、誠心誠意真心《まごころ》をこめて説得し、相手をいたわり慈《いつく》しみながら、契《ちぎ》りを結ぶべきだ。それが、八犬女に対する礼儀というものだ）

そして、四日前に京四郎は江戸を出て、ゆっくりと日光街道を北上してきた。

八犬女の手がかりは、あまり多くない。

何か犬に関係のあること、二十三歳の京四郎に近い年齢であること、関八州に住んでいること、秘部に黒子があること、そして男識《おとこし》らずの生娘であること――このくらいだ。

では、八犬女らしき娘がいたとして、どうやって本物かどうか見分けるのか。

京四郎の左手首に巻かれている水晶の数珠が、その役目を果たす。

八犬士を生んだ伏姫の数珠は、実は一対《つい》になっていた。京四郎のそれは、伏姫の母・五十子《いさらご》が姫から渡された数珠である。これが、八犬女に近づくと、その体内の宝珠に感応《かんのう》し、発光鳴動《めいどう》するのだ。小百合の乗った駕籠《かご》が京四郎の前を横切った時も、この数珠が反応したのである。

それゆえ、京四郎は、まず五街道の一つである日光街道から、八犬女探索の旅を始めたのである。すると、この宇都宮宿の入口の南新町《みなみしんまち》の煮売り屋で、連続女性惨殺事件を耳にしたというわけだ。

(殺された女たちの年齢《とし》といい、妙に犬と関係していることといい、これは八犬女目当ての犯行ではないのか)

腹を裂いて内臓を引きずり出しているというのも、宝珠を探すためと思える。

では、何者が、そんなことを……。

(奉魔衆《ほうましゅう》、か)

手束藩御家騒動の最中、深夜の護持院ヶ原《ごじいんがはら》で、現藩主側に雇《やと》われた真桑利大記《まくわりだいき》なる凄腕《すごうで》の剣客と、京四郎は対峙《たいじ》した。

その時、突如として、奇怪な大男が小百合を襲ったのである。その大男は、「奉魔衆の金剛《こんごう》」と名乗った。

(必死で倒したので、奴が何のために小百合殿を拉致《らち》しようとしたのかは、わからない。しかし、小百合殿が特別な女人だと知っているようであった。もしも、我ら以外に八犬女の秘密を知った者がいるとしたら……）

伏姫の数珠を持たない奉魔衆が、これはと目をつけた女や娘を襲って生きたまま解剖《かいぼう》したとしても、不思議はない。ひょっとしたら、江戸で数十名の娘が出奔《しゅっぽん》して行方知れずになっている事件も、奉魔衆の仕業ではないだろうか。

（許せぬ奴らだ。その非道な振舞《ふるまい》、私が阻止せねばなるまい）

宇都宮城を右手に見ながら、宿場内の街道をまっすぐに進むと、突き当たりを右へ曲がるようになっている。ここが新石町で、曲がると伝馬町《でんまちょう》、問屋場《といやば》と貫目《かんめ》改所《あらためしょ》がある。

貫目改所の前で街道は二手に分かれ、北へ進めば日光街道、東へ進めば仙台《せんだい》へ向かう奥州街道だ。宿場の中心部で両街道の要《かなめ》であるから、馬子《まご》に牽《ひ》かれた荷馬《にうま》が並び、大した賑《にぎ》わいだ。

京四郎は、東へ進む。四町半《ちょうはん》ほど歩くと、右手に大手口《おおてぐち》があった。宇都宮城の正門である。

その先に釜川《かまかわ》があり、橋が架《か》かっている。

材木を積んだ大八車《だいはちぐるま》とすれ違いながら、その池上橋《いけがみ》を渡り、右へ折れて左へ曲がると、街道の左右が馬場になっている。左手の丘にある宇都宮大明神前の明神馬場だ。

その明神馬場を通り抜けて、まっすぐに行くと、商家《しょうか》が立ち並んでいる。宇都宮領の商業の中心地、大町《おお》であった。

商家番付《ばんづけ》が発行されるほど、宇都宮は商いの盛んな場所なのである。それに、江戸は吉宗の倹約令《けんやくれい》のため贅沢品《ぜいたくひん》が扱えなくなっているが、その反動で、地方の大都市には豪華な品々が溢《あふ》れていた。

大町を左へ曲がると、法華《ほっけ》寺という寺の前に出る。その寺の裏手に回ると、雑木林が広がっていた。

脇本陣の女中・お北の死骸は、この雑木林の中で、見つかったのだという。

京四郎が林の中へ踏みこむと、奥の方から人の声がした。

何か言い争っている声であった。

四

「いい加減にしろ、この野郎っ」

甲高《かんだか》い声で、威勢《いせい》よく啖呵《たんか》を切っているのは、十代半ばと見える小柄《こがら》な少年だった。

その少年を、人相の悪い三人の男が取り囲んでいる。そろって腰に長脇差《ながドス》をぶちこんでいるところをみると、渡世人《とせいにん》だろう。

少年は、濃紺《のうこん》の腹掛けに白い木股《きまた》、その上に半纏《はんてん》を引っかけていた。

木股は、現代でいえばスパッツのようなもので、股下の丈《たけ》は一寸半《すんはん》から二寸くらいが普通だ。が、その若者が穿《は》いているのは、股下の丈が半寸——一・五センチくらいの、極めて短いものであった。

半纏の袖や木股の裾から、すらりと伸びた手足は細いが、日々の労働で鍛えているのであろう、筋肉が発達して引き締まっている。

月代は剃《そ》っていない。髪は茶色味を帯びた癖《くせ》っ毛で、つんつんと栗《くり》の毬《いが》みたいに四方八方に突き出している。伸びた前髪は、額に落ちていた。

よく日焼けしているが、細面《ほそおもて》で、大きな瞳《ひとみ》をした美少年だ。唇が、ぽってりとして色っぽい。

しかし、細いが、定規《じょうぎ》で引いたように一直線に伸びた濃い眉が、顔に似合わぬ気の強さを物語っていた。

「何で、俺《オイ》らが辰蔵《たつぞう》親分の所へなんか、行かなきゃならないんだよっ」

「おい、桃《もも》よ。てめえも物わかりの悪い奴だなあ」

三人の渡世人の中で一番年嵩《としかさ》らしい獅子鼻《ししばな》の男が、にやにやと嗤《わら》いながら、

「親分はな。お前の兄貴の長七《ちょうしち》の博奕狂《ばくちぐる》いを心配してよ。何とか立ち直らせるために、お前と相談したいとおっしゃってるんだ。有り難い話じゃねえか。さあ、行こうぜ」

「ふざけんなっ」

桃と呼ばれた少年は、吐き捨てるような口調で、

「兄《あん》ちゃんが博奕狂いになったのは、元はといえば、てめえらが賭場《どば》に引きずりこんだせいじゃねえか、笑わせんなっ」

「こいつ、黙って聞いてりゃ言いたい放題ぬかしやがってっ」

でっぷりと太った相撲《すもう》取りのような渡世人が、丸太のように太い腕を伸ばして、少年の胸ぐらをつかむ。

「おめえは、おとなしく、ついてくりゃあいいんだよ」

「放せっ」

少年はもがきながら、肥満体の渡世人の足を蹴《け》る。その蹴りが効《き》かないとみる

や、すかさず、男の腕に噛《か》みついた。

「痛《い》ててててっ」

そいつは、あわてて腕を振り回す。少年の小さな軀は、鞠《まり》のように吹っ飛んで、木の幹に衝突した。

「ぐ……」

木の根元に臀餅《しりもち》をついたような恰好で、少年は呻いた。片足を立てているので、白い木股に包まれた股間が丸見えになる。

そこには、当然あるべき男子の膨らみがなかった。その代わり、数本の縦皺《たてじわ》が、布の下にある肉の花園の形状を微妙に浮かび上がらせていた。

少年ではなく、男装の娘だったのである。

三人の渡世人も、彼女の股間を覗《のぞ》きこむようにして、

「面倒だ、哲《てつ》兄ィ。ここで、犯《や》っちまいましょうよ」

狐《きつね》のような顔の男が言う。肥満体も、頷《うなず》いて、

「そうだよ、錦太《きんた》の言う通り。こんなじゃじゃ馬だって、三人がかりで可愛がってやれば、借りてきた猫《ねこ》よりもおとなしくなりますぜ」

「勿論《もちろん》、兄ィから先乗りしてくだせえ」

狐顔が揉《も》み手をしながら、下卑《げび》た嗤いを浮かべると、

「馬鹿《ばか》野郎っ」

兄貴分の哲という獅子鼻が、一喝《いっかつ》した。

「てめえら、綺麗《きれい》な軀のままで連れてこいと言った親分の言葉を忘れたのか。そんなことが発覚《バレ》たら、指詰《ゆびつ》めくらいじゃ済まねえぞっ」

「へ、へい……」

二人は、決まり悪そうに頭を下げた。

「くだらねえことを言ってねえで、猪松《いのまつ》、さっさと桃を担《かつ》げ」

哲が顎をしゃくった時、

「待て」

背後から声がかかった。

悪党どもが驚いて振り向くと、そこに出雲京四郎が立っている。

「何だ、てめえはっ」

「無法は許さぬ。その娘を置いて、早々に立ち去るがよい」

京四郎は静かに命じた。

「この色呆《いろぼ》け浪人がっ、鳶《とんび》に油揚げで桃をいただこうって気かっ」

こめかみに血管を浮き上がらせて、哲が吠《ほ》える。

「猪松、やっちめえっ」

「おうっ」

錦太にそそのかされた巨漢の猪松は、地蔵の頭ほどもある大きな拳骨《げんこつ》で、京四郎に殴りかかった。

まともにくらえば、頭蓋骨《ずがいこつ》が砕《くだ》けるような勢いだったが、京四郎は、わずかに頭を振って、それをかわす。

かわしながら、相手の手首をつかんで、捻《ひね》った。

完全に極《き》まって、丸太のような猪松の腕が真一文字に伸びたまま動かせなくなる。

その瞬間、京四郎の左の掌底《しょうてい》が、猪松の肘《ひじ》に叩《たた》きこまれた。

「ぎゃっ！」

猪松は濁《にご》った悲鳴を上げる。肘関節を、掌底打ちで粉々に破壊されたのだ。

その脾腹《ひばら》に、京四郎は拳《こぶし》を打ちこむ。分厚い腹の肉に、手首までめりこんだ。

物も言わずに、猪松は、ぶっ倒れる。

「野郎っ」

哲が、長脇差を抜いた。錦太もあわてて、もがくようにして長脇差を抜く。京四郎は無造作《むぞうさ》に前に出ると、抜刀《ばっとう》する。そして、哲の長脇差に大刀《だいとう》を絡《から》めるようにした。

長脇差は、哲の手からもぎ取られて、高々と宙へ舞った。それから、哲の顔面すれすれに落下して、地面に垂直に突き刺さる。

一呼吸置いて、哲の獅子鼻から、ぱっと血が飛び散った。落下した長脇差の刃《やいば》が、鼻柱を縦に斬《き》り裂いたのである。

「うわあァっ」

哲は両手で鼻を押さえて、だらしなく悲鳴を上げる。その両手の指の間《はざま》から、だらだらと鮮血が滴《したた》り落ちた。

「く、くそっ」

錦太は長脇差を振りかぶったが、京四郎の眼光に射すくめられて、へなへなと座りこんでしまう。

「――去れ」

大刀を鞘《さや》に納めて、京四郎は命じた。

哲と錦太は、泳ぐような手つきで逃げ出そうとした。その二人の背中に、

「忘れ物だぞっ」

京四郎は、鋭く浴びせる。哲たちは、世にも情けない顔で、気絶している猪松をかかえ起こした。そして、喘《あえ》ぎながら猪松を連れて去る。

「大丈夫か」

三人が去るのを見届けた京四郎は、まだ座りこんだままの桃という男装娘を、助け起こそうとした。

その刹那《せつな》、左手首の数珠が淡《あわ》く発光して鳴り出したではないか。

「おっ、そなたは……」

「気安く俺らの軀に触《さわ》るんじゃねえっ」

驚いた京四郎の手を、娘は払いのけて、ぱっと立ち上がった。

「俺らァ、男なんか大っ嫌いだっ」

そう叫んで、牝鹿《めじか》のように素早く走り出した。

残った京四郎は、男装娘の後ろ姿を見送りながら、呟いた。

「あれが……二人目の八犬女か」

五

「そりゃあ、甚作《じんさく》さんところの朱桃ちゃんですよ。年齢《とし》は十八だったかな。みんな、桃ちゃんと呼んでますよ」

丸顔の女中は、お茶を入れながら京四郎に説明する。

桃と呼ばれる男装娘を危難から救った出雲京四郎は、まだ外が明るいうちに、千手《せんじゅ》町の〈金子屋《かねこ》〉という旅籠に泊まったのだった。

旅籠には、飯盛女《めしもりおんな》という名目の女中兼遊女を置いている飯盛旅籠と、通常の平《ひら》旅籠の二種類がある。金子屋は、平旅籠であった。

「甚作さんというのは、祖父《じい》さんの代から下野でも一、二を争うという太鼓《たいこ》作りの名人でね。明神様とか下之宮《しものみや》とかの宇都宮の主立った神社の大太鼓はみんな、甚作さんや先代さん、先々代さんが作ったものなんですよ。それに、甚作さんところは代々、太鼓打ちの名人でねえ」

甚作には、長七と朱桃という二人の子がいる。三人の弟子をかかえてはいるが、後継者となるべきは、二十一歳の長七だ。

ところが、この長七、太鼓作りの腕はいいのだが、性根《しょうね》が弱い。悪友に誘われると、ついつい遊興《ゆうきょう》に走ってしまう。

甚作は何度も諫《いさ》めたのだが、長七の素行は改まらない。そして、大太鼓打ちの練習の時に、二日酔いの長七が欠伸《あくび》をしたのに怒った甚作は、思わず、太鼓の枹《ばち》で息子の頭を殴りつけた。

これに逆上した長七は、父親を突き飛ばして、家から飛び出した。それが、半年ほど前のことである。

以来、勘当同様の長七は、悪友の家を転々としながら、たまに日雇《ひやと》い仕事などをして、だらだらと自堕落《じだらく》な生活を送っている。

悪いことに、最近では博奕の味まで覚えてしまい、軍木《ぬるで》の辰蔵が開く賭場で、借金まで作ったという。

一方、妹の朱桃の方は、小さい時から「女に生まれたのが、勿体ない」といわれるほど活発な娘で、手先も器用だった。

太鼓に張る革《かわ》は、三歳前後の牝牛のものを糠《ぬか》に二十日ほど漬けてから鞣《なめ》し、鉋《かんな》をかけて厚みを一定にする。

朱桃は、この革加工作業を見様見真似《みようみまね》で覚えてしまい、三人の弟子や兄の長七よりも上手になってしまった。

さらに、太鼓に対する才能も豊かで、立って歩くよりも先に枹を遊び道具にしていたせいか、朱桃が已れの身長よりも大きい五尺《しゃく》太鼓を打つ枹捌《さば》きは、華麗なほどであった。

本人も女の子の遊びには目もくれず、女髷《おんなまげ》も結わずに、いつも男の恰好をしている。

「それでね。太鼓作りの方は、お弟子の誰かが跡目《あとめ》を継げばいいとしても、太鼓打ちは自分がやると決めたらしく、桃ちゃんは毎日、熱心に稽古《けいこ》をしているんですよ」

「それは感心だな」

「まあ、あの娘は男嫌いで、一生、嫁に行く気も婿《むこ》を取る気もないと言ってるくらいだから、女太鼓打ちを稼業《かぎょう》にするのも悪くないでしょう」

そう言ってから、女中は膝で躙《にじ》り寄って、京四郎にしなだれかかった。

「ねえ、お武家様……今晩、来てもいいでしょう」

目を潤《うる》ませ、熱い息を京四郎の胸元に吐きかける。

「ここは平旅籠だと聞いたがな」

「あら、厭《いや》だ。あたしゃ、飯盛じゃありません。だけど、お武家様を見ていたら、何だか腰の奥が痺《しび》れたみたいになっちまって……勿論、お代なんか要《い》りませんよ。それより、たっぷりと可愛がって欲しいの」

浅乃の献身的な伝授とそれなりに場数を踏んだせいで、女体攻略の達人となった京四郎である。

生まれつきの美貌《びぼう》に加えて、その態度に女に対する自信と余裕が自然に表れるためか、行く先々で言い寄られることが珍しくなかった。

原則として性交においては受身である女性は、自然と、下手《へた》くそな男よりも上手《うま》そうな雰囲気の男に引き寄せられる。

つまり、もてる男は、もてる経験を積み重ねることで、さらに、もてるようになる。

逆に、もてない男は、経験不足と焦《あせ》りの気が全身から滲《にじ》み出てしまい、さらに、もてなくなるというわけだ。

「そいつは光栄だな。だが、今夜、私は用事がある。逢瀬《おうせ》は次にしよう」

様々な女を抱くのも八犬女探索の修業のうちなのだが、京四郎は柔らかく断った。

「一つ、聞きたいのだが、その甚作という太鼓師は、何か犬にかかわりがないか」

「犬に……？」

未練《みれん》たっぷりの表情の女中は、少し考えてから、

「そういえば、三年前に亡《な》くなった女房の浜路《はまじ》さんは、犬川《いぬかわ》という郷士《ごうし》の娘だったそうですが」

六

「全く、役に立たねえ盆暗《ぼんくら》野郎どもだっ」

軍木の辰蔵は、湯飲みを長火鉢《ながひばち》の端《はし》に叩きつけた。

「三人そろって娘っ子一人、連れてこれねえとはな。しかも、野良犬一匹に軽くあしらわれただと？　俺《おれ》も、おめえらのような乾分《こぶん》をもって、鼻が高いぜ」

「面目《めんぼく》ねえ、親分っ」

辰蔵の家の居間で、哲次《てつじ》、錦太、猪松の三人は、そろって頭を下げた。哲次は、顔の真ん中に晒《さら》し布《ぬの》を巻きつけている。猪松も、肘の壊れた右腕を首から布で吊っていた。

朱桃の拉致に失敗した三人は、医者で手当を受けた後《のち》、戻るに戻れず、暗くなるまで外をうろうろしていたのである。

「でも、その浪人野郎は、とてつもなく強い奴で」

「ふん、どうだかな」

顴骨《かんこつ》の尖った陰険な顔つきの辰蔵は、長火鉢の炭《すみ》で煙草に火をつけてから、

「まあ、いい。桃を手に入れるのは、もう少し長七の借金が増えてからでもな」

「親分、こいつは自分のしくじりを誤魔化《ごまか》すために言うわけじゃねえが」

哲次が不明瞭《ふめいりょう》な声で言う。

「桃どころか炭みてえな、あんな顔の真っ黒けで筋張《すじば》った娘のどこに、そんなにご執心《しゅうしん》なんですか」

「はっはっは、そう思うか」

煙管《きせる》を手にした辰蔵は、ちょっと得意そうに、

「あんまり凝《こ》った料理ばかり出ると、箸休めに塩豆でも摘《つま》みたくなるじゃねえか。俺くらいの年齢《とし》になるとな、白粉《おしろい》くさい女は姦《や》り飽きて、ああいう変わり種《だね》がくってみたくなるのよ」

「へえ……」

「それにな。おめえは筋張ってるというが、女の身で太鼓打ちになるために鍛えに鍛えた軀だ。生娘なのは間違いねえから、股倉《またぐら》の締まりも抜群だろうぜ」

「そんなもんですかねえ」

「そりゃあ、十日も姦りまくれば、いくら俺だって飽きるだろうよ。そん時は、おめえらにくれてやるから、好きなだけ嬲《なぶ》りものにするがいい。生意気な小娘を輪姦《まわし》にかけるのは、面白いからな。その後は、どっかの地獄宿《じごくやど》へ売り飛ばしゃあいいんだ」

「親分の後なら、さぞかし上手い具合に練《ね》れてるでござんしょうねえ、へへへ」

錦太が、下品なお追従《ついしょう》を言う。

「馬鹿野郎」辰蔵は笑って、

「桃の味はともかくとしてな、甚作は、下野全体の神社へ大小色々な太鼓を納める権利をもっている。長七の借金証文《しょうもん》を盾《たて》に、そいつを握れば、どこの境内《けいだい》でも賭場開きが簡単にできるようになる。俺様の天下が来るじゃあねえか」

賭場は、元は〈土場《どば》〉と表記した。寺社の境内で、青天井で開帳《かいちょう》したからである。

富籤《とみくじ》と同じように、神仏に納める冥加金《みょうがきん》の一環《いっかん》として始まった境内博奕が、通常の警察力が及ばないのをよいことに、次第に渡世人たちの稼ぎ場と化したのだった。

「長七の野郎、今日も賭場の隅で稲荷鮨《いなりずし》なんぞ頰張《ほおば》ってるみたいですよ」

「ふん。あと七両で、借金は五十両だ。五十とまとまったら、甚作の家へ乗りこむことにしよう。そん時は、有無《うむ》を言わせず、桃を連れてくるんだ。いいなっ」

「へいっ」

三人が、もう一度、頭を下げると、

「た、大変だっ」

乾分の一人が、血相を変えて居間へ駆けこんできた。

「どうした、騒々しいっ」

「変な坊主が…変な坊主が賭場に現れたと思ったら、いきなり真っ暗に…」

そこまで言った時、ぬるり、と廊下の奥から黒いものが流れてきた。

それは、闇であった。

「わあっ、ここまで来たあっ！」

乾分が叫ぶのとほぼ同時に、その動く闇は居間に流れこみ、その空間を漆黒《しっこく》に塗り潰した。それなのに、互いの姿は見えているのである。

「何だ、これはっ」

「お、親分っ」

狼狽《うろた》える男たちの耳に、幽玄なる横笛の音が聞こえてきた。

その刹那、悲鳴を上げる間もなく、五人の男たちの肉体は、見えない斧《おの》を振るわれたように、ばらばらに切断されて血煙《ちけむり》を上げた。

七

どんっ、と枹を打ちこむ。
大太鼓の表の打面から発生した音の塊《かたまり》が、自分の顔にぶつかるのが、わかる。
ほんの少し遅れて、反対側の裏打面から発生した音が、道場の隅にぶつかり、
天井や床に跳ね返って、朱桃の軀を四方から包んだ。音圧で、百匁蠟燭《ひゃくめろうそく》の炎が
揺らぐ。
太鼓師・甚作の家には、母屋《おもや》と別に作業場と革加工場、そして道場がある。道
場は畳《たたみ》三十枚ほどの広さで、床は板張りだ。
正面に神棚《かみだな》、片側の壁には、完成した様々な大きさの太鼓が並べてある。そし

て、道場の真ん中の台座に、自分の身長よりも大きい直径五尺の大太鼓が、床面と水平に据《す》えつけられていた。

朱桃は、額にねじり鉢巻《はちま》き、濃紺の腹掛けに白の木股という姿であった。腹掛けの下には、女であることを隠すように、胸から腹にかけて白い晒し布が巻きつけてある。

左足を前に出して膝を曲げ、腰を落とし、右足を後ろに引いていた。現代の空手でいうところの前屈立《ぜんくつだ》ちに似た姿勢である。両足の親指と人差し指が、しっかりと床板を嚙んでいた。

すでに二刻《ふたとき》――約四時間も稽古をしているので、朱桃の全身は汗でずぶ濡《ぬ》れだった。それどころか、流れ落ちた汗が、足下に水溜《みずた》まりを作っている。

白い木股は、少年のように小さくて硬い臀に、ぴったりと貼《は》りついて、その深い割れ目も透けて見えるほどだった。

が、朱桃は休むことなく、どむどむどむ……と大太鼓を連打する。小さな背中の盛り上がった筋肉が、波のようにうねった。

ほとんど贅肉《ぜいにく》がないことを除けば上膊部《じょうはくぶ》の太さは普通だが、発達した前膊部が、上膊部と同じ太さなのは珍しい。

手首の返しを活《い》かし長時間に亘《わた》って重い枹を自由自在に操《あやつ》るためには、どうしても前膊部の筋肉に頼らざるを得ないのである。

大太鼓を打つ朱桃の目は鷹《たか》のような光を帯びて、唇の両端に深い窪みができている。額からは、汗の珠《たま》が飛び散っていた。

だが、一心不乱で稽古しているように見える朱桃の胸の中は、ひどく動揺していた。

哲次たちから自分を助けてくれた美しい浪人者の優《やさ》しげな眼差《まなざ》しが、心に深く焼きついて忘れられないのである。

(何で、男のことなんかが、こんなに気になるんだろう……こんなこと初めてだ……)

この時代、庶民の平均寿命は三十代半ばであり、男子も女子も十五歳前後で成人した。特に、女性の結婚適齢期は十八歳までとされており、それまでが〈娘〉、十九を過ぎると〈女〉と呼んで区別された。

したがって、十八歳の朱桃は、この時代では、子供の一人や二人いてもおかしくない年齢である。

当然、男性に対して恋情《れんじょう》をいだいたとしても、不思議はない。

（男なんか……町人だろうが侍《さむらい》だろうが、男なんか大っ嫌いだっ）

朱桃は、内心の動揺を太鼓に叩きつけるようにして、枹を振るう。

と、不意に周囲が暗くなった。

「あれ……？」

朱桃は手を止めて、燭台《しょくだい》の方を見た。極太蠟燭《ごくぶと》の炎は消えていなかった。

それなのに、道場の内部は漆黒の闇に塗りこめられているのだ。にもかかわらず、自分の手足は、はっきりと見える。

「ど、どうなってるんだっ」

出入口の方向すらわからなくなって、朱桃が恐慌を起こしかけた時、

「——朱桃」

背後から呼びかける声があった。

反射的に振り向くと、いつの間にかそこに兄の長七が立っているではないか。

しかも、その姿が見えるのだ。

「兄ちゃん、戻ってきたのかいっ」

朱桃は嬉《うれ》しさのあまり、周囲の異常も忘れて飛びつきそうになった。

だが、

雷鳴《らいめい》のような大喝《だいかつ》の声が、道場を震わせた。

「朱桃っ、その者から離れるのだ！」

「え……？」

突然、闇の奥に現れた浪人者の姿に、朱桃は仰天《ぎょうてん》した。あまりにも彼のことを考えていたので、幻《まぼろし》が出現したのかと思ったほどである。

「よく見ろっ、その者は、そなたの兄ではないっ」

兄の方に視線を戻すと、何と、兄の両眼が青白く発光しているではないか。

「ひっ」

さすがに、朱桃は、ぱっと跳び下がった。大太鼓の台座に足をとられて、臀餅をついてしまう。

その間に、出雲京四郎は、彼女の前に回りこんでいた。

「辰蔵一家を皆殺しにして、次は、この朱桃をさらうつもりか。正体を見せいっ」

一挙動《いっきょどう》で抜刀する。

「駄目《だめ》だっ、兄ちゃんを斬らないでっ」

枹を手にしたまま、朱桃は夢中で、彼の腰にしがみついた。

「いかんっ！」

「案ずるな。これは、そなたの兄の姿を盗んだ化物《ばけもの》だ」

「そんな……」

朱桃がためらう間に、京四郎は、さっと大刀を一閃《いっせん》させる。

男装娘の悲鳴と同時に、長七の姿が薄紙のように縦一文字に裂け、その中から、饅頭笠を被り墨衣をまとった雲水が出現した。

「よくぞ見破ったな、出雲京四郎」

雲水は、饅頭笠を取り去った。木彫りの面が、現れる。

「わしは、奉魔衆の呉公という」

「やはり……奉魔衆であったか。貴様らの目的は、何なのだっ」

「お前と同じよ。宝珠を八つそろえて、お宝を手にする」

「そのために、何の罪もない女たちを四人も惨殺したのか」

面の奥で、呉公《すいこう》は嗤ったようである。

「我らの目的を遂行するためならば、四人どころか、四百人でも四千人でも殺す。それが奉魔衆の遣《や》り方《かた》じゃ」

「許せぬっ」

京四郎は、大刀を右八双《みぎはっそう》に構えた。

「天下万民のために、貴様を斬《き》る！」

「できるかのう……」

後方に跳び下がった呉公は、頭陀袋の中から横笛を取り出し、唇にあてがった。笛の音が白蛇《はくじゃ》のように流れ出す。

「むっ」

見えない何かの気配を感じた京四郎は、咄嗟《とっさ》に大刀を振るった。短い悲鳴が上がって、床に何かが落ちる。

二つに切断されたそれは、蝙蝠の形をした薄い鋼《はがね》の板であった。翼の端が刃になっている。

これが、漆黒の闇の中を音もなく飛来して、辰蔵一家の連中を生きたまま、ぶつ切りにしたのである。

それにしても、何の推進機関も持たない鋼板が、どうして生きもののように、自在に闇の中を飛び回ったのであろうか。

しかも、断末魔《だんまつま》の悲鳴を上げるとは……。

「やるな……だが、今のは小手調《こてしら》べ。次は、そう簡単にはいかぬ」

「……」

「お前は金剛の仇敵《かたき》。それに、すでに第一の宝珠をもっておる。どうでも殺さねばならぬ相手じゃ……ふ、ふふ」

さらに、笛の音が流れる。

京四郎は、気配の方向に大刀を振るった。二枚の蝙蝠板を斬り落とした。しかし、三枚目の蝙蝠板に左肩を切り裂かれてしまう。

「うっ」

浅手《あさで》だが、血が脇の下へ流れ落ちるのを感じた。

「ははははは、いかに剣術の達人でも見えないものを斬るのは、難儀《なんぎ》と見えるな」

呉公は嘲笑《ちょうしょう》して、

「さてさて、嬲《なぶ》り殺しにさせてもらおうかの」

余裕たっぷりに、横笛を握り直す。

「朱桃、太鼓を打てっ」

京四郎は命じた。

「え……こんな暗闇の中で……」

戸惑う男装娘に、

「そなたならできる、急げっ」

「はいっ」

弾《はじ》かれたように立ち上がった朱桃は、手探りで大太鼓の位置を確認すると、いつもの構えをとった。そして、闇に向かって、枹を振るう。

どんつ、と空気が震えた。

「太鼓で笛に勝とうとてか、愚《おろ》かな」

呉公は、さらに横笛を奏《かな》でた。異常すぎる状況の中で、朱桃は無心に乱打する。

「ん……やはり、そうであったかっ」

笑みを浮かべた京四郎は、目にも留まらぬ迅《はや》さで、大刀を振るった。

甲高い悲鳴が重なって、切断された蝙蝠板が、次々に床に落ちる。次いで、闇の一部に亀裂《きれつ》が走り、それが粉々に砕け散った。

道場の中は、元の通り、百匁蠟燭の大きな炎に照らし出される。あちこちに、蝙蝠板の残骸が散らばっていた。

「何としたことだっ、わしの術が破れるとは……？」

呉公は、狼狽《ろうばい》する。

「蝙蝠は、太鼓の音を聞くと飛べなくなると聞いたことがある。それに……太鼓の音は、元々、邪《じゃ》を祓《はら》うというではないか」

「こんな小娘の太鼓のために、わしが……許さんっ」

怒り狂った呉公は、錫杖の仕込み刀を抜き放つと、朱桃の背中に斬りかかろうとした。

「たわけっ」

京四郎の破邪の剣が、呉公の左肩口から右脇腹まで、その軀を斜めに両断する。

血飛沫《ちしぶき》を上げて、呉公は倒れた。

その仮面の下から、白い煙が立ち上る。ほろり、と仮面が落ちると、その下の顔は肉が溶けて流れ出していた。

死に顔を見られぬための術であろうか。

「む……何という奇怪な奴らだ」

拭いをかけた大刀を納めた京四郎は、朱桃の肩に手をかけた。

「もう、よいぞ。そなたのおかげで、助かった。道場を血で汚《けが》して済まなかったな」

「お侍様……」

潤んだ瞳で自分を見つめる娘から、視線を外すと、道場の隅に男が倒れているのが見えた。

「見ろ、長七は無事だぞっ」

八

「俺らの軀……あんまり見ないで」

両手で顔を覆《おお》った全裸の朱桃は、蚊《か》の鳴くような小さな声で哀願《あいがん》した。

事件から四日後——金子屋の二階の部屋である。昼間なので、他の客室には誰もいないらしい。

美女連続殺人事件と辰蔵一家皆殺し事件の真犯人は、性的異常者の身元不明の雲水の仕業ということで、決着した。

辰蔵たちが全滅したため、博奕の借金証文も無効となり、心を入れ替えた長七は、父親の甚作に手をついて詫《わ》びた。

もとより、口には出さなくとも、長男の帰りを待っていた甚作は、長七を許し、正式に跡継ぎとして認めたのである。太鼓師一家の憂《うれ》いは、無事に解決したのである。

そして、今——京四郎から事情を聞いた朱桃は、夜具の上に、その新鮮な肢体を横たえている。

無駄な贅肉がない、鞭《むち》のようにしなやかで弾力のある軀だ。顔と長い手足は日焼けしているが、日に当たらない部分は真っ白で、その対比が鮮《あざ》やかだ。

「どうしてだな」

「だって、ごつごつして男の子みたいなんだもの」

これも逞しい裸体の出雲京四郎は、微笑を浮かべて、

「そんなことがあるものか。太鼓打ちの猛稽古で鍛え抜かれた、素晴らしい軀ではないか」

「ほ…本当？」

十八娘は指の間から、そっと京四郎の顔を見つめた。

「本当だとも。武家の娘も、本気で兵法の修行をすると、こういう軀になる。そなたの五体も、本気で太鼓に打ちこんだ成果だ。誇りこそすれ、何ら羞ずべきことではない」

「京四郎様……嬉しいっ」

朱桃は、男の首にかじりついた。涙ぐみながら、接吻《せっぷん》を求める。

唇を合わせて、京四郎は深く舌を使った。朱桃も夢中で舌を絡め、男が流しこんだ唾液《だえき》を飲み干す。

ひとしきり濃厚な接吻をかわしてから、京四郎は、小ぶりな胸乳《むなぢ》への愛撫に移った。蝙蝠板に斬られた左肩の傷は、すでに塞《ふさ》がっている。

二つの果実を十分に揉みほぐしてから、平べったい腹を経て、いよいよ処女地に達した。

そこは、無毛であった。ふっくらと盛り上がった女神《ヴィーナス》の丘から、縦に柔らかい亀裂が走っている。

花弁の姿は見えない。全体が薄桃《うすもも》色をしていた。清純な佇《たたず》まいだ。

京四郎は、そっと二指をもって、亀裂を開いた。

その中に、本当の桜の花びらに見まがうばかりの小さな形の美《よ》い肉の花弁が、ひっそりと隠れていた。

醜《みにく》いよじれや皺は、全くない。生まれたばかりの赤ん坊の耳朶《みみたぶ》のような愛らしさだ。桜色をしている。

花園の右側に、小さな黒子があった。

指で触《ふ》れるよりも先に、京四郎は、そこへ唇を近づけた。若い処女特有の甘ったるいにおいのするそこへ、唇を密着させる。

「あんっ」

生まれて初めて、女の最も大切な部分に男の愛撫を受ける朱桃は、俎板《まないた》に載《の》せられた若鮎《わかあゆ》のように、ぴくっと軀を反《そ》り返らせる。

京四郎は、浅乃に伝授された通りに、そこに、優しく舌を使った。

溢れるように透明な愛汁が湧き出すと、今度は指を使って、緊張しきっている括約筋《かつやくきん》をほぐしてゆく。

朱桃は、敏感で、夜具に大きな滲みを作るほど豊かに、熱い潤滑液《じゅんかつえき》を分泌《ぶんぴつ》した。

「京四郎様、大好き……俺らをみんな、京四郎様のものにしてェ……」

夢心地で、朱桃は呟いた。

唇と舌と指を駆使した愛撫が、半刻――一時間ほど続いて、ようやく、処女の門が柔らかくなった。

京四郎は、大きく広げた朱桃の足の間に、腰を置く。そして、熱く息づいている花園に、茄子《なすび》色の巨砲の先端を押しつけた。

朱桃が怯える前に、ぐいっ……と腰を進める。聖なる肉扉が、一瞬で破壊された。

さすがに、朱桃は小さな悲鳴を上げる。

きつい。長大な肉茎《にくけい》の半ばが没したところで、進行を停止させたが、喰《く》い千切られそうな収縮度であった。

破壊された扉が疼《うず》いているのが、茎部の表面を通して感じる。結合部には、鮮血が滲んでいた。

「う……うっ……」

朱桃は固く目を閉じたまま、夜具を両手で握りしめて、生涯《しょうがい》ただ一度の苦痛に必死に耐えていた。

(何と可憐《かれん》な姿だろう……)

京四郎は、今更《いまさら》ながらに、女の初めての男になる責任をひしひしと感じていた。初体験が幸福だったか悲惨だったかは、女の一生に重大な影響を及ぼすのである。

出雲京四郎は、全身全霊を傾《かたむ》けて、男装娘を喜悦《きえつ》の境地に導いた。

そして、事後、幸せそうに朦朧《もうろう》としている朱桃の花園から、螢光《けいこう》を放つ宝珠が産み落とされたのである。

その宝珠の中央にあった文字は——〈義〉であった。

「もう一度……もう一度だけ、可愛がって。おねがい、京四郎様ァ」

朱桃は甘えながら、しがみついてきた。

第四章　館林城炎上《たてばやしじょうえんじょう》

一

遊女の名は、お宮《みや》といった。

美しいというよりも愛嬌《あいきょう》のある丸い顔立ちで、躯《からだ》つきもふくよかであった。

宿場女郎《しゅくばじょろう》になって三年目だというが、まだ、肌は荒れていない。

「凄《すご》いのね、ご浪人《ろうにん》さん……」

夜具の上に仰向《あおむ》けになった出雲京四郎《いずもきょうしろう》の裸身に唇《くちびる》を這《は》わせながら、お宮は、うっとりしたような声で言う。

躯を逆向きにしているので、その豊かな臀《しり》が、京四郎の顔の近くに突き出されている。肉の花弁は厚く、暗紅色《あんこう》をしていた。

「あたし……何度も何度も気が遠くなって……こんなに乱れたの、初めてなのよ。

羞《はず》かしいよ、本当に……」

語尾が不明瞭《ふめいりょう》になったのは、青草のにおいが残る京四郎の男根を咥《くわ》えたからだ。

交わりを終えて白濁《はくだく》したものを吐出《としゅつ》した肉茎《にくけい》は、硬度を失って軟《やわ》らかくなっている。

だが、それでも、普通の男性が勃起《ぼっき》した時と同じほどの大きさであった。しかも、百戦錬磨《れんま》の強者《つわもの》であるかのように、色素が濃く沈着《ちんちゃく》している。

その逸物《いちもつ》に、お宮は熱心に舌を使う。京四郎は、その舌技を味わいながら、天井を眺めていた。

長身で手足が長く、厳しい兵法《ひょうほう》修行によって練《ね》り上げられた軍馬《ぐんば》のように逞《たくま》しい肉体である。

左手首に、水晶の数珠《じゅず》を二連に巻いている。彫り深い美男子だが、その唇は引き締まり、甘さはない。

元文《げんぶん》三年、陰暦《いんれき》四月後半——中仙道《なかせんどう》、熊谷《くまがや》の宿場である。そこの加賀《かが》屋という飯盛旅籠《めしもりはたご》の二階の一室だった。

(第三の宝珠《ほうじゅ》は、どこにあるのだろう……)

翼を広げた隼《はやぶさ》に似た天井の滲《し》みを見るともなく見ながら、京四郎は考える。

安房里見《あわさとみ》家の再興のために、莫大《ばくだい》な黄金の隠し場所を秘めているという八個の宝珠を探し出すことが、彼の使命であった。

現在、京四郎は二つの宝珠をもっている。手束藩江戸留守居役《たつかはんえどるすいやく》の娘・滝沢小百合《たきざわさゆり》の体内にあった〈義《ぎ》〉の珠と、宇都宮《うつのみや》の娘太鼓打《たいこう》ち・朱桃《すもも》の体内にあった〈孝《こう》〉の珠《たま》である。

八個の宝珠は、八犬女《はっけんにょ》という乙女《おとめ》の子宮の中に隠されている。里見家の家臣の末裔《まつえい》である京四郎が、その八犬女と交わって破華《はか》を済《す》ませると、宝珠は自然と体外に転がり出てくるのだ。

だが、その八犬女の手がかりが少なすぎるのである。

第一に関八州《かんはっしゅう》のどこかにいるらしい、第二に何か〈犬〉に関係している、第三に全員が処女で年齢は十代から二十代、第四に秘部に黒子《ほくろ》がある——これだけだ。

そして、八犬女に近づくと、その体内の珠に感応《かんのう》して、京四郎の左手首に巻いた〈伏姫《ふせひめ》の数珠〉が発光する。

宇都宮を出てから二十日以上、上州《じょうしゅう》一円を足を棒にして探しまわったというのに、数珠の反応はなく、八犬女は見つからなかった。

（もはや、上州にはおらぬのではないか）

一方的に奉仕されないように、お宮の臀を撫《な》でまわしながら、京四郎は考えた。

(よし、八王子《はちおうじ》へ行ってみよう。八王子から小田原《おだわら》へ足を延ばせば、どこかで次の八犬女が見つかるはずだ)

そう決めた時、お宮が臀をひいて、彼の腰の上に跨《また》がった。

「ねえ、ご浪人さん……もう一度。こんなに巨《おお》きくなったんだから、いいでしょ」

平均的な寸法の二倍もある巨砲を濡《ぬ》れた蜜壺《みつつぼ》にあてがって、お宮はせがむ。

「お前の好きにするがいい」

京四郎が優《やさ》しく許可すると、お宮は、すぐに自分の中に迎え入れた。臀を動かす。括約筋《かつやくきん》の具合は悪くない。

お宮は、たちまち息を弾《はず》ませて、

「ああん、よすぎちゃう……こんなに悦《よ》がったら、あたしもお稲荷《いなり》様の罰《ばち》があたるんじゃないかしら」

「お稲荷様の罰とは、何のことだ」

お宮の臀の動きに巧みに腰を合わせながら、京四郎は聞きとがめた。

「一昨日《おととい》、館林《たてばやし》で気味の悪いことがあったんですって――」

喘《あえ》ぎながらも、お宮は説明する。それを聞き終えた京四郎の眼《め》は、輝きを帯びていた。

お宮が達してしまうと、自分は射出することなく、後始末をしてやる。そして、手早く旅装を整えた。

「こんな夜中に……どうしたんですか」

お宮は目を丸くする。京四郎は、脇差《わきざし》を腰に落として、

「用事ができた。これから、館林にゆく」

二

豊臣《とよとみ》政権を内部から切り崩して日本の覇権《はけん》を手に入れた徳川家康《とくがわいえやす》は、自分が幕《ばく》府《ふ》を開くと、その轍《てつ》を踏まぬように、諸大名に対して徹底的な管理を行なった。潜在的な敵である外様《とざま》大名だけではなく、味方のはずの譜代《ふだい》や親藩《しんぱん》の大名に対してもである。

徳川幕府は、諸大名に大規模な普請《ふしん》を命じたり、参勤交代《さんきんこうたい》を行なわせることによって、その財力を削《そ》ぎ落とした。さらに、些細《ささい》な落ち度や失政などを理由に、取《と》り潰《つぶ》しや除封減封《じょふうげんぷう》を行なった。

初代家康から五代将軍の綱吉《つなよし》までに除封減封された大名家は、実に百九十一家に及ぶ。

天正《てんしょう》十八年の徳川家康関東入りの時、徳川四天王の榊原式部大輔康政《さかきばらしきぶのたいふやすまさ》は、上《こう》野国《ずけのくに》邑楽《おうら》と勢多《せた》、下野国梁田《しもつけのくにやなだ》の十万石《ごく》を与えられて、館林城を居城とした。

二代目の康勝《やすかつ》が病死すると、養子の忠次《ただつぐ》が館林十万石を相続。その後、忠次は陸奥国白河《むつのくにしらかわ》十四万石に転封《てんぽう》されたので、館林領は幕府直轄の天領となった。

それから、遠州浜松《えんしゅうはままつ》より松平乗寿《まつだいらのりなが》がやってきて、館林藩六万石が成立したが、その子の乗久《のりひさ》は下総佐倉《しもうささくら》へと転封。

そして、三代将軍家光《いえみつ》の四男で四代将軍家綱《いえつな》の弟である徳川綱吉《つなよし》が、厨領《みくりやりょう》十五万石と合わせて館林藩二十五万石として入封した。十六歳だった。

館林宰相《さいしょう》と呼ばれた綱吉であったが、ほとんど江戸在府で、本格的に領内に住んだことはなかった。

綱吉が五代将軍となると、その子である徳松《とくまつ》がわずか二歳にして館林藩主となったが、天和《てんな》三年に五歳で病没。

嫡子《ちゃくし》を失った綱吉は、怒りのあまり、館林城の破却《はきゃく》を命じた。このあたりに、後《のち》に稀代《きたい》の悪法《あくほう》といわれる〈生類憐《しょうるいあわ》れみの令《れい》〉を発する極端な性格の一端が見てとれる。

その後、二十四年間は天領だったが、宝永《ほうえい》四年に、六代将軍家宣《いえのぶ》の実弟・松平清武《きよたけ》が館林入り。宝永七年には、総工費三万一千両《りょう》で新しい館林城が完成した。

三代目の松平武元《たけもと》が陸奥国棚倉《たなぐら》へ転封になると、次に領主となったのが、太田《おおた》備中守資晴《びっちゅうのかみすけはる》。だが、この資晴も、享保《きょうほう》十九年に大坂城代《おおさかじょうだい》として摂津《せっつ》へ転封という目まぐるしさ。

こうして、館林は三度、天領となった。

現在の館林領は、上野国岩鼻代官所《いわはなだいかんしょ》の管轄《かんかつ》で、館林城は主《あるじ》のない空城《からじろ》となっている。

館林城に隣接して、代官所の出先機関である出張陣屋《でばりじんや》が設けられ、代官手代《てだい》が行政司法官として館林領を管理している。

さて、関東七城の一つに数えられる館林城だが、別名を〈尾曳《おびき》城〉という。

室町《むろまち》時代――佐貫《さぬき》一族の一人で邑楽郡大袋《おおぶくろ》城主の赤井照光《あかいてるみつ》は、ある年の正月、子供たちに苛《いじ》められている子狐《こぎつね》を助けてやった。

すると、その年の七夕《たなばた》の夜、照光の夢枕に白髪《しらが》の老人が現れ、稲荷新左衛門《しんざえもん》と名乗った。新左衛門は稲荷明神《みょうじん》の眷属《けんぞく》で、子狐の親だという。

子狐を助けてくれた礼をのべてから、新左衛門は、「この大袋は不吉で、館林に移った方がよい」と進言した。

そして、白狐の新左衛門が出現して、赤井照光を館林に案内した。大勢の狐に松明《たいまつ》を持たせて、白狐は自分の尾を地面につけて引きずり、城の縄《なわ》張りを描くと、夜明けとともに消えた。

赤井照光は白狐の言葉を信じて、この地に築城し、天文《てんぶん》元年に移り住んだ。そして、城の鬼門《きもん》に尾曳稲荷を建てて、守り神としたのである。

これが、尾曳城という名の由来だ。

後日談がある。

永禄《えいろく》九年、館林城は、北条《ほうじょう》の軍勢に攻められた。戦況不利な赤井勢は、敵の隙《すき》を狙《ねら》って夜襲を仕掛けた。

その時、北条勢の背後に突然、多くの火が出現した。二手に挟撃《きょうげき》されると思った北条勢は、あわてて退却した。

不思議に思って、明るくなってから火が出たあたりを調べると、地面に狐の足跡が無数にあり、その足跡は尾曳稲荷の社《やしろ》へと続いていた……。

加賀屋のお宮の話では、この尾曳神社の境内《けいだい》で、弥吉《やきち》という町人が首を切断された死体で発見されたのだという。

その下手人《げしゅにん》として陣屋役人に捕らえられたのは、何と、近くに草庵《そうあん》を結んでいる蓮心尼《れんしんに》という若い尼僧であった。

十九歳の連心尼は浪人の娘で、その父の名は、犬飼源八郎《いぬがいげんぱちろう》だという。犬に関係した苗字《みょうじ》である。

出雲京四郎が、夜の街道を急ぐ理由は、これであった。

三

「――ちと、ものを尋《たず》ねるが」

着流し姿の出雲京四郎は、尾曳神社の境内を掃《は》き浄《きよ》めている老爺《ろうや》に近づいた。

中仙道の熊谷宿から、忍《おし》、新々《しんしん》、川俣《かわまた》を通って、館林に至る街道がある。いわゆる日光裏街道の一つである。

その距離は、およそ六里《り》ほど。京四郎が、この街道を通って館林城下へ入り、空城のため開放されている尾曳曲輪《くるわ》の中の神社に辿《たど》り着いた時には、すでに夜明けであった。

梅雨期に入る前の晴れ渡った空の下、樹齢百年を超えていると思われる桜の大木がある広い境内には、薄《う》っすらと朝靄《あさもや》がかかっている。空気は清浄で、ひんやりとしていた。

老爺は、目元の涼しげな長身の浪人者に、無言で会釈をする。

「一昨日……いや、もう三日前か。ここで人殺しがあったそうだな。その死骸《しがい》を見つけたのは、お前かね」

「はあ……」

老爺は、怯《おび》えたような表情になって、目を伏せた。薄くなった白髪をかき集めて、ようやく結った親指の先ほどの小さな髷《まげ》が、震《ふる》えている。

「神域で人を殺しただけではなく、その首まで刎《は》ねるとは、罰当《ばちあ》たりなことだな。ずいぶんと血が流れて、掃除するのが大変だったろう」

「いえ……血は茶碗《ちゃわん》に半分もないくらいで、大したことは」

竹箒《たけぼうき》を両手で握ったまま、口の中で、ぼそぼそと答える。

「ほう、そうか」

生きた人間の首を斬《き》り落としたのならば、少しの間、心臓は血液を送り続けるから、周囲は血の海になる。

現場の血痕《けっこん》が少量ということは、殺してしばらくしてから首を斬り落としたか、もしくは別の場所で殺害した死体を運んできたのかの、どちらかだろう。

「首の斬り口は、きれいだったかね」

「はい。平らでございました」

「それは、よい腕だ」

首には筋肉があり、食道気道があり、頸骨《けいこつ》がある。すでに死亡していて動かない死体であっても、その首を刀などで平らに切断するのには、ある程度以上の技量が必要だ。

「すると、その蓮心尼というのは薙刀《なぎなた》か何かの達人だったのか」

「わ、わたくしは……朝の掃除の途中でございますからっ」

腰を折って何度も頭を下げると、老爺は竹箒をかかえ、社務所の方へ小走りに去った。

呼び止めもせずに、それを見送った京四郎は、踵《きびす》を返して尾曳神社から出る。

曲輪の外に、店を開《あ》けている小さな一膳《いちぜん》飯屋があった。聞きこみをして歩くには、まだ時間が早すぎるから、京四郎は、その店に入った。

土間《どま》の隅《すみ》の、出入口が見える卓に座る。焼魚と漬物《つけもの》と味噌《みそ》汁の朝食を済ませる

と、茶を飲みながら店の親爺《おやじ》に、

「それにしても、まさに末法の世の中だな。事もあろうに、尼僧が人殺しをするとは。どうせ、色恋沙汰《いろこいざた》のもつれだろうが」

水を向けると、店を一人で切りまわしているらしい四十がらみの親爺は、待ってましたとばかりに身を乗り出した。

「いえいえ。蓮心尼様は、年こそお若いですが、それは立派な御方《おかた》で」

十年ほど前に、城下で浪人の行き倒れがあった。子供連れであった。犬飼駒恵《こまえ》という女の子で、まだ息があった。

この駒恵を引き取って看病したのが、芳流庵《ほうりゅうあん》の主である妙蓮尼《みょうれんに》だ。六十を越える老尼僧の手厚い看護で駒恵は回復し、身寄りのない彼女は、そのまま妙蓮尼の弟子となった。その法名が、蓮心なのである。

その妙蓮尼が昨年、大往生《だいおうじょう》を遂《と》げて、庵《いおり》は蓮心尼が受け継いだ。近所の子供を集めて読み書きを教えながら、蓮心尼は仏道一筋の暮らしで、館林城下の人々の尊敬を集めていたという。

「ところが、弥吉というのは、どうしようもないごろつきでしてね。左官《さかん》の見習いだったのが、博奕《ばくち》で身を持ちくずして、強請《ゆす》りたかりで喰《く》ってるような悪党でした。弥吉の方が一方的に懸想《けそう》していたということはあるかも知れませんが、あの清浄な蓮心尼様が相手にするもんですか」

「なるほど……その弥吉というのは、小男《こおとこ》かね」

「何の。ご浪人様ほどではないですが、背が高くてがっしりした体格の男でしたよ。喧嘩《けんか》の強い乱暴者でねえ」

「蓮心という尼さんも大柄《おおがら》なのか」

「いえいえ。背丈《せたけ》こそ女としては並ですが、ほっそりとした、物腰の柔らかい、それはそれは綺麗《きれい》な御方です。あの御方が、陣屋の牢に繋《つな》がれているかと思うと、お気の毒でお気の毒で……」

非力《ひりき》な手弱女《たおやめ》が、大の男を殺して境内まで運び、首を斬り落とす――そんな真似《まね》ができるだろうか。

仮に、尾曳《おび》神社の境内に誘き出された蓮心尼が、弥吉に襲われて、夢中で刃物で刺し殺したのだとしても、わざわざ首を斬《き》る必要はない。

「蓮心尼は、罪を認めたのか」

「それが、ご自分ではないとおっしゃっているらしいです」

京四郎は、ちらっと天井を見上げてから、

「この館林の代官手代は、たしか横堀《よこぼり》とかいったな」

「はい、横堀在宗《ありむね》様です」

「評判はどうだ」

「……」

親爺は急に黙りこんだ。その沈黙が、何よりも雄弁《ゆうべん》に、代官手代横堀在宗の評判を物語っている。

「ここに置くぞ」

卓の上に代金を置いた京四郎は、立ち上がって、出入口の方へ向かった。

が、煤《すす》けた油障子《あぶらしょうじ》の手前で立ち止まった。そして、京四郎は半開きの油障子を、じっと見つめる。

どうかなさいましたか――と親爺が声をかけようとした瞬間、障子紙を突き破ったものがあった。手槍《てやり》の穂先だ。

「っ！」

無言の気合《きあい》を発して、京四郎は大刀《だいとう》を抜きざま、その螻蛄首《けらくび》を斬り飛ばした。

そして、障子戸を蹴《け》り倒す。

手槍を繰《く》り出したのは、三十過ぎと見える袴《はかま》姿の浪人者であった。

倒れてきた障子戸を避けて、後ろへ跳んだ浪人者は、手槍の柄《つか》を捨てると、大刀の柄《つか》に右手を伸ばす。

が、それよりも早く、京四郎が間合を詰めて、大刀を一閃《いっせん》させた。

浪人者の右手が、真っ赤な血の尾を曳《ひ》いて宙に飛んだ。手首の部分から、切断されたのだ。

「おあァっ」

右腕の切断面から迸《ほとばし》る鮮血を見て、浪人者は棒立ちのまま、悲鳴を上げる。

左手で、大刀を逆手抜きする根性もないらしい。

京四郎は、左へ跳んだ。その直後に、彼のいた場所に、子供の頭ほどもある石が落ちてくる。

もしも脳天を直撃されたら、頭蓋骨《ずがいこつ》が二つに割れていただろう。

その石を投げ下ろしたのは、飯屋の屋根の上にいる男であった。髭面《ひげづら》の浪人者だ。

京四郎は、地面に転がっている手槍の柄《え》を素早く拾った。螻蛄首の斬り口が斜めになっている。

屋根の反対側へ逃げようと背を向けた浪人者へ、その柄を投げつけた。鋭い斜めの斬り口が、浪人者の背中を貫《つらぬ》く。

「ぐっ」

濁《にご》った呻《うめ》き声を洩《も》らした髭の浪人者は、ごろりと倒れて、頭から地面に落下した。手足を痙攣《けいれん》させて、すぐに動かなくなる。

首が、奇妙な方向へ曲がっていた。頸骨《けいこつ》が折れたのであろう。

それにしても、渡世人《とせいにん》やごろつきならいざ知らず、浪人とはいえ仮にも大小を腰に差した者が、屋根の上から石を相手の頭にぶつけて殺そうとするとは。武士としての矜持《きょうじ》が、欠片《かけら》もなかったのだろうか。

苦い気分で、京四郎は、右手を失った浪人者の方へ向き直った。

そいつは、ぺたりと地べたに座りこんでいた。周囲には血溜《ちだ》まりができている。右手首の切断面を左手の掌《てのひら》で塞《ふさ》ぐようにしたまま、為《な》す術《すべ》もなく、浪人者は血溜まりを眺めている。

「早く血止めをしないと、死ぬぞ」

浪人者の鼻先に切っ先を突きつけて、京四郎は言った。

浪人者は、虚《うつ》ろな眼で彼を見上げる。

心理的な衝撃と大量出血による血圧の急激な低下によって、思考力が失われているのだろう。痛覚さえも、鈍感になっているらしい。

「誰《だれ》に頼まれて、私の命を狙ったのだ」

そいつは、唇を動かそうとした。何か言おうとしたのかも知れない。が、そのまま上体が前のめりになって、血溜まりの中に顔を突っこみ、絶命してしまう。

溜息《ためいき》をついて、京四郎は懐紙《かいし》で刀を拭《ぬぐ》い、納刀《のうとう》した。

襲われた理由は、一つしかない。

尾曳神社の老爺に弥吉の死体のことを問いただし、さらに、飯屋の親爺に事件についての詳《くわ》しい話を聞いたからだ。

それが気にくわない人間もまた、京四郎には一人しか思い当たらない。

館林出張陣屋代官手代の横堀在宗だ。

四

館林城の本丸《ほんまる》は、北・東・南の三方を沼に囲まれている。

もう少し正確に言うと、大きな沼の中に突き出した半島のような部分に、本丸、八幡《はちまん》曲輪、二の丸、三の丸と並んでいるのだ。

そして、沼の北側に、尾曳神社のある尾曳曲輪と外曲輪があり、そのまた北側に総曲輪と加法師《かほうし》曲輪がある。

東西に一・四キロ、南北に一キロという広大な城であった。

その館林城の西側に、岩鼻代官所の出張陣屋はある。

その日の夜、代官手代の横堀在宗が、奥の居間でお綱《つな》という酌婦《しゃくふ》を相手に酒を飲んでいると、にわかに陣屋の中が騒がしくなった。

「何をしておるのだ」

四十過ぎの在宗が、大儀《たいぎ》そうに手を叩《たた》いて部下を呼ぼうとした時、陣屋侍《さむらい》の一人が、あわてて廊下を駆けてきた。

「申し上げますっ」

その陣屋侍は、敷居前に両手をついて、

「牢舎《ろうしゃ》に捕らえておいた蓮心尼が、逃亡いたしましたっ」

「ば…馬鹿《ばか》者！」

在宗は、手にしていた杯を投げつけた。

でっぷりと肉饅頭《にくまんじゅう》のように肥え太った男で、分厚い紫色の唇が、わなわなと震える。

「か弱い尼僧ごときに破牢されるとは、牢番は居眠りでもしておったのかっ」

「いえ、それが」と陣屋侍。

「どこから忍び入ったのか、着流しの浪人者が現れて、二人の牢番を峰打《みねう》ちで昏倒《こんとう》させたのでございます。それで、目が覚めると、牢の中にいるはずの蓮心尼が、影も形もなかったという次第で……」

「そうか。今朝《けさ》、尾曳神社を嗅《か》ぎまわっていたという奴《やつ》だな。こちらの差し向けた刺客《しかく》を二人までも倒したという、あいつだ」

在宗は苛立《いらだ》たしげに歯嚙《はが》みして、

「よしっ、草の根を分けても、蓮心尼とその浪人を見つけ出せっ」

「はっ。ただ今、捜索隊を編成しておりますれば」

「むむ……それにしても、畏《おそ》れ多くも御公儀《ごこうぎ》支配地の出張陣屋に侵入するとは、大胆不敵な奴だ。ただの喰い詰め浪人とは思えぬ。一体、何者であろうか」

「それが一向《いっこう》に……」

申し訳なさそうに、陣屋侍が首を捻《ひね》っていると、

「──そいつは、長身で二十二、三、灰緑《かいりょく》色の地に鮫《さめ》小紋《こもん》を着流しにした男前ではなかったか」

そう言いながら、いきなり廊下に姿を現したのは、瘦身《そうしん》の浪人者であった。袖《そで》無《な》し羽織《ばおり》に袴という服装である。

「おおっ、真桑利大記《まくわりだいき》か。わしの用心棒のくせに、昨夜から、どこへ行っておったのだ」

「賭場《どば》で、少しばかり熱くなりすぎてな」

大記は軽く咳払《せきばら》いをして、

「どうだ。蓮心尼を逃がした奴は、今、俺《おれ》が言ったような風体《ふうてい》ではなかったか」

「たしかに、牢番たちは、そのように申しておりました」

「大記、心当たりがあるのか」

横堀在宗の問いに、大記は削げたような頰《ほお》にうっすらと笑みを浮かべて、

「たぶん、出雲京四郎だ。いささか、俺とかかわりのある奴でな。腕は立つぞ、相当にな」

「お主《ぬし》よりもか」

大記は、じろりと在宗を見ると、座敷へ入った。

「その銚釐《ちろり》、目の前にかかげてみろ」

お綱に、そう命じる。

「こうですか」

不審げに、お綱は、酒の入った銚釐の鉉《つる》を摘《つま》んで、目の高さに持ち上げる。

その刹那《せつな》、大記の腰から銀光が閃《ひらめ》いた。

鍔《つば》音高く、大記が刀を鞘《さや》に納めても、銚釐に変化はない。在宗とお綱は、顔を見合わせる。

と、次の瞬間、銚釐の胴の真ん中が、ぱかっと水平に割れて、畳《たたみ》の上に落ちた。

中身の酒も落ちて、周囲に飛び散る。

「ひっ」

お綱は、残った銚釐の上半分を放り出し、在宗にしがみついた。

「わ、わかった」

横堀在宗は、震える左手で大記を制して、

「お主の腕前のほどは、十分にわかった。済まんが、蓮心尼の捜索隊に加わってくれんか。用心棒料とは別に、三十両、出そう」

「ふん……番犬らしく、礼を言っておこう」

にやりと嗤《わら》うと、真桑利大記は玄関の方へ向かう。陣屋侍も、在宗に一礼してから、そのあとを追った。

横堀在宗は、長い吐息《といき》をつくと、

「おい、燗酒《かんざけ》をもってきてくれ。何だか、背筋がぞくぞくしてきた」

「はい……」

お綱は、台所の方へ去る。

「全《まった》く、大記の奴め、番犬なのか野生の狼《おおかみ》なのか、わかったものではないわ。得体《えたい》の知れぬ奴……しかし、あれほどの腕の者は、ざらにおるまいしなあ」

再び吐息をつくと、脇から無言で銚釐と杯が差し出された。

「何だ、随分と早かったな」

杯を受け取った在宗が、ひょいと顔を上げると、

「つ⁉」

凍《こお》りついたようになった。

銚釐を手にしていたのは、お綱ではなかった。いや、女ですらなかった。

長さ一尺《しゃく》を超える真っ赤な面《めん》であった。

頭の鉢《はち》が大きく、しかも天辺《てっぺん》が平たい、臼《うす》のような形の面である。目は細く三日月形だ。鼻が驚くほど高く大きく、先端が尖《とが》ってさえいる。唇は厚く、大きく弧《こ》を描いて笑みを浮かべ、両端が深く窪《くぼ》んでいた。

左右の耳は、二枚の蒲鉾板《かまぼこいた》を張りつけたように大きくて長い。ほとんど、顎《あご》の先と同じくらい長く垂《た》れ下がっている。

在宗に伎楽《ぎがく》の知識があれば、これが〈酔胡従《すいこじゅう》〉という面だと気づいたであろう。その酔胡従が、ゆったりとした灰色の貫頭衣《かんとうい》のようなものをまとって、なぜか、隣に座っていたのである。

ユーモラスな造形の面だが、突然、眼前に出現されれば、在宗でなくとも度肝《どぎも》を抜かれてしまうのは当然であった。

「き、貴様は……」

ようやく、在宗は声を絞り出した。

「飲まぬのかね」

酔胡従は、顎の先で杯を差した。それにつられて、在宗も杯に目を落とした。注《つ》がれた覚えもないのに、杯が満たされている。ただし、琥珀《こはく》色の地酒ではなく、醤油《しょうゆ》のような色の液体であった。

口元に杯を近づけると、鼻孔《びこう》を鉄っぽいようなにおいが刺激する。それで、在宗は、ようやく、その液体が血であることに気づいた。

「わっ」

杯を放り出した在宗は、床の間《とこのま》の刀掛けに飛びつき、賢明《けんめい》なことに、大刀ではなく脇差を抜き放った。

「何だ、生血《いきち》はお嫌いか」

酔胡従は、自分の背後にあった物を、ずるりと在宗の前に引きずり出した。

それは、青ざめた顔をしたお綱であった。明らかに絶命している。唇の端《はし》から、一筋の鮮血が流れていた。

「せっかく、搾《しぼ》りたてのを差し上げたのにのう」

「おのれ、妖怪変化《ようかいへんげ》っ」

激怒した在宗は、酔胡従の顔面に、脇差を振り下ろした。

がっ、と火花を散らして、それを受け止めたのは、金色の独鈷杵《とっこしょ》であった。

「ただの代官手代でありながら、その地位を利用して、金銀を貯《た》めこみ美女を侍《はべ》らせて藩主同然の贅沢三昧《ぜいたくざんまい》の生活。楽しかろうな。だが、たかが尼僧一人をものにするのに、人殺しまで仕掛けたのは、ちとまずかろう。このことが岩鼻代官所に……いや、江戸表《おもて》に聞こえたら、そなた、どうなるかな」

「む……貴様は密偵《みってい》か」

「まさか。わしは、そなたの救い主さ。く、くく……」

伎楽面の奥で、そいつは含み笑いをしたようだ。

「救い主だと？」

在宗は、半信半疑の表情で脇差をひいた。

「わしの眼を見ろ。そうすれば、わかる。眼を見るのだ」

言われた通りに、在宗は、三日月形の眼を覗《のぞ》きこむ。と、その奥で、何かが緑色に光った。

横堀在宗は、急激に意識が薄れてゆくのを感じた……。

五

「落ち着かれたかな、蓮心尼殿」

囲炉裏《いろり》に枯れ枝を足しながら、京四郎は、斜め前に座っている蓮心尼に、そう訊《き》いた。

館林城下の外れの山中、古びた小屋の中である。近在の百姓が、山で薪《たきぎ》を集めている最中に、雨に降られた時などに利用する小屋だった。

「はい……」

蓮心尼は、小さく頷《うなず》いた。白い被《かぶ》りものに墨衣《すみごろも》という姿だ。

早朝、二人の刺客を返り討ちにした出雲京四郎は、庚申堂《こうしんどう》を見つけて、そこで昼過ぎまで睡眠をとった。

それから、出張陣屋を見張り、使いに出てきた小者《こもの》を言葉巧みに居酒屋に誘いこむと、たらふく酒を飲ませて、陣屋の構造や警備状況などを詳しく聞き出した。

そして、この薪小屋を見つけると、そこに町で買った食料や尼僧の着替えなどを運びこんでおき、夜を待って陣屋に潜入したというわけだ。

牢の中から尼僧を救出すると、用意していた小舟を使って掘割を逃走し、この小屋へ足弱《あしよわ》な彼女を運びこんだのである。

小屋には、鉤《かぎ》形の土間と板の間があり、板の間には囲炉裏が切ってある。京四郎と蓮心尼は、その囲炉裏で沸かした白湯を飲んで、ようやく、人心地がついたところであった。

「ですが、出雲様。何故《なにゆえ》に、かような危険を冒して、一面識もないわたくしを牢から救い出されたのでしょう」

色白で、清らかな容貌《ようぼう》の尼であった。

眉《まゆ》は細く優美で、鼻筋が細く、鼻先と左右の小鼻が一体化したかのように小さく丸い。唇は薄く、幅は小さかった。

特徴的なのは目である。

白い部分がほとんどなくて、黒い部分に占拠《せんきょ》され、目全体が瞳《ひとみ》のように思えるほどだ。しかも、黒曜石《こくようせき》の輝きと深山の湖水のように澄《す》みきった気高さがある。

その純真な瞳に見つめられて、京四郎は、男女媾合《こうごう》にかかわる八犬女の由来を、すぐに説明するのが躊躇《ためら》われた。相手は、色欲を断っている尼僧なのである。

「あなたが無実の罪で捕らわれていると確信したからですが、別な理由もあります。それは、少し長い話になる」

京四郎は、枯れ枝を折った。蓮心尼が正真正銘の八犬女の一人である証拠に、その左手首の水晶数珠が、淡《あわ》い螢光《けいこう》を発している。

「その前に、よろしければ、代官手代の横堀在宗が、どうして、あなたを手のこんだ罠《わな》に嵌《は》めたのか、聞かせてもらえますか。いや、横堀があなたに邪心《じゃしん》をいだいていることは、たやすく想像がつくが」

「手代殿は、わたくしが……」

尼僧の上下の唇が、きゅっと内側に引きこまれた。己《おの》れが口にできる穏《おだ》やかな表現を、頭の中で選んでいるようであった。

「わたくしが自《みずか》ら、手代殿の軍門に下ることを望んだのです」

館林十万石を統《す》べ、腕の立つ浪人たちを私兵として雇《やと》い、様々な汚職に手を染めて放蕩三昧《ほうとうざんまい》の暮らしをしている悪党が、城下でも評判の美貌《びぼう》の尼僧の肉体に目をつけたのは、当然といえば当然のことであった。

無論、在宗が執拗《しつよう》に口説いても、仏道に生きる蓮心尼は首を縦に振らない。それなら、押し倒して手籠《てごめ》にすれば、簡単に獣欲は満たせる。

だが、横堀在宗の欲望は、もっと、どす黒く屈折していた。

ただ犯すだけではなく、清純な尼僧が自分から軀を開いて男のものを求めるようにしたかったのだ。

そのため、わざわざ尾曳神社の境内に弥吉の死体を転がし、その下手人として蓮心尼を捕らえたのである。そして、在宗は牢の中の尼僧に向かって、「このままでは、そなたは死罪じゃ。死にたくなくば、どうぞ手籠にしてください――と言うてみい」と脅迫《きょうはく》したのだった。

無論、蓮心尼は、それを拒否した。

それでも、ちゃんとした食事と毎日の入浴が許されたのは、在宗の慈悲ではない。降伏した尼僧を抱く時に、餓《う》えて垢《あか》まみれの軀では興《きょう》が削がれるからであった。

「わたくしは、いつか手代殿の非道が正される日が来るはずと信じて、虜囚《りょしゅう》の境遇《きょうぐう》に甘んじておりました。身を瀆《けが》されそうになった時には、舌を嚙んで自害《じがい》する覚悟でございました」

「立派なお覚悟《かくご》です」と京四郎。

「そんなあなたには、お耳汚しになるかも知れませんが……私の話をお聞きください」

彼が里実家の遺臣の末裔であると聞いて、連心尼は、緊張していた表情を和《やわ》らげた。

しかし、八犬女から宝珠を取り出す方法が男女和合であることを聞かされると、眉をひそめて顔を伏せてしまう。

「あなたが俗世を捨てた身であることは、承知しております。しかも、夫でもない男と契《ちぎ》ってくれとお願いするのは、非礼も甚《はなは》だしいこと。それを無理強いするのは、横堀在宗の無法と、大して変わりありません」

「……」

「ここで一休みしたら、旅装に着替えていただき、馬を手に入れて夜道を駆け、国境《くにざかい》を越えましょう。どこかに、あなたが安心して滞在できる場所を見つけます。

そして、私が八犬女の残りの五人を探し終わった後で、もう一度、お話しいたしましょう」

「……それでよろしいのですか。出雲様が、旅から帰る前に、わたくしは姿を消してしまうかも知れませんよ」

「まあ、その時はその時ですな」

京四郎は微笑した。肚《はら》の中では、使命を達成できなかった詫《わ》びに父上の前で切腹をすれば済むことだ――と思ったが、それを口には出さない。

「………」

蓮心尼は、静かに立ち上がった。そして、京四郎に背を向けると、その肩から、はらりと墨衣が滑《すべ》り落ちる。

「出雲様」蓮心尼は背を向けたままで、

「わたくしは、たった今、仏道に背《そむ》く決心をいたしました。命《いのち》賭《が》けで牢から救い出してくださったのに、それを盾《たて》にとることもなく、わたくしの身の安全ばかりを考えてくださる出雲様の優しさに、わたくしは心を打たれたのでございます」

「蓮心尼殿……」

「ひょっとしたら、手代殿の追っ手に捕まって、今宵《こよい》のうちに失うかも知れない命。ご恩報《おんぽう》じに、今、ここで……」

それから先は、羞恥《しゅうち》のために言葉にならない。立ち上がった京四郎は、白い着物姿の尼僧の肩に手をかけた。

頬を真っ赤に染めた蓮心尼が、こちらを向くと、その唇に接吻《せっぷん》する。蓮心尼は、目を閉じて、胸を波打たせた。

京四郎は、板の間の隅にあった茣蓙《ござ》を広げて、その上に蓮心尼の軀を横たえた。敵が来た時の用心に、彼女を全裸にはせず、着物や肌襦袢《はだじゅばん》の前を開き、下裳《したも》だけを取り去る。

ほっそりとした美しい肢体であった。なめらかで純白の肌と、下腹部の豊饒《ほうじょう》な繁《しげ》みの黒が、対照的である。

まろやかな乳房《ちぶさ》の形のよさは、見事《みごと》であった。

京四郎は、被りものをつけたままの尼僧と舌を絡《から》め合う濃厚な接吻をかわしながら、指先で処女の肉体を燃え上がらせてゆく。

やがて、花園から熱い秘蜜が溢《あふ》れ出すと、その部分に顔を埋めた。

「そ、そのような……」

口唇による女器への愛撫《あいぶ》は、蓮心尼の知識にはなかったらしい。驚きと羞恥と、そして未知の快感に、尼僧は身悶《みもだ》える。

下肢を広げさせると、花園の左斜め下に、小さな黒子があった。

十分に前戯《ぜんぎ》を施《ほどこ》してから、京四郎は着物の前を開いて、茄子《なすび》色の巨砲をつかみ出した。そして、十九歳の尼僧の秘処を貫く。

「あっ……!」

さすがに、連心尼は眉間《みけん》に皺《しわ》を寄せた。

京四郎は、腰の動きを停止して、彼女の疼痛《とうつう》が和《やわ》らぐのを待つ。尼僧の花孔は、驚くほど熱かった。

軽いくちづけや胸乳《むなぢ》への愛撫をしているうちに、破華の痛みが軽減したのがわかったので、京四郎は腰の動きを再開する。

そして、蓮心尼に生まれて初めての女悦《にょえつ》の極みを味わわせてから、おびただしく放った。

しばらくして肉根を引き抜くと、女になった部分から、宝珠が産み落とされる。

その宝珠の中央に浮かんでいる文字は――〈信《しん》〉であった。

「蓮心尼殿、済まぬ」

まだ息を弾ませている尼僧にそう言うと、

「京四郎様……っ」

蓮心尼は、自分から唇を求めてきた……。

後始末をして身繕《みづくろ》いすると、京四郎は、羞《はず》かしさに顔を伏せたままの蓮心尼に、

「では、馬を手に入れてきます」

そう言って、小屋を出た。

昼間のうちに目を付けていた近くの村へ行って、馬を買う。十枚の小判は、深夜の取引の胡散《うさん》くささを馬の持ち主に納得させるのに足る金額であった。

その馬を曳《ひ》いて、小屋に戻った京四郎は、愕然《がくぜん》とした。その中に、蓮心尼の姿がなかったからだ。

そして、板の間に残されていた文《ふみ》には、こう書かれてあった――蓮心尼を返して欲しくば、館林城天守閣《てんしゅかく》まで来い、と。

六

館林城の本丸天守は三層で、最上階には高欄《こうらん》付きの廻縁《まわりえん》がある。

その城郭は全《すべ》ての門と扉が開け放たれていた。天守最上階に登るまで、出雲京

四郎は誰にも会わなかった。

例の小屋の近くで襲撃すれば簡単だったのに、蓮心尼を人質にして京四郎を城に誘き寄せるという余計な手間をかけながら、待ち伏せが一人もいないとは、どういうことであろうか。

「やはり、貴公《きこう》か」

そこにいたのは、真桑利大記であった。

そして、部屋の隅の床几《しょうぎ》には、肥満体の武士が腰を下ろしている。その人相から、代官手代の横堀在宗だとわかった。部屋にいるのは、この二人だけであった。

「蓮心尼殿は、どこだっ」

京四郎は、大記と在宗を半々に見ながら問う。

「上を見よ」

どろんと濁ったような目をした在宗が、大儀そうに顎をしゃくり上げる。見上げると、天井はなく屋根裏の梁組《はりぐ》みが剝き出《むきだ》しになっていた。

その中央の柱に、肌襦袢姿の蓮心尼が縛りつけられている。意識を失っているらしく、被りものをつけた頭を、がっくりと垂れていた。

「この趣向には、どういう意味があるのだ」

「なァに、そなたと真桑利大記の立合《たちあい》が所望じゃ。それだけよ。そなたが勝てば、蓮心尼を無罪放免《むざいほうめん》にしてやろうぞ」

「何を言う。もとより、貴様が仕組んだ濡《ぬ》れ衣《ぎぬ》ではないか」

「ふっふっふ……どちらにしろ、蓮心尼が欲しくば、大記と刀を合わせる以外に道はないと知れ」

「む……」

京四郎は、在宗から真桑利大記に視線を移した。咳払いした大記は、投げやりな笑みを浮かべて、

「貴公を始末するのに、三十両貰《もら》っているのでな。安すぎるような気もするが、まあ、仕方がない」

もう一度咳払いしてから、笑みを消して、

「抜け。これが、人斬り包丁を腰に差している者の宿命だっ」

すらりと抜刀《ばっとう》する。

刀身は三尺ほどの長さで、七星《しちせい》の文様《もんよう》が彫ってあった。刃《やいば》は、氷のように冷たく冴《さ》え渡った光を帯びている。

京四郎も、抜いた。二人は、二間《けん》ほどの距離を置いて、正眼《せいがん》で対峙《たいじ》する。

大記の威圧感は、以前に対峙した時よりも強大になっていた。

同時に、在宗の粘り着くような不気味な視線を、京四郎は頻に感じていた。濡れた掌で背筋を逆撫でされているような、得体の知れない不快な感覚がある。

「──おい」大記は言う。

「勝負に集中しないと、貴公に勝ち目はないぞ」

「おうっ」

京四郎は気を引き締めて、右脇構《がま》えに転じた。撃ちこむ手が見つからないので、大胆にも、格上の相手を誘いこむ形をとったのである。

と、何と、大記もまた、右脇構えになったではないか。

「貴公は強くなった……あれから、何人か斬ったからだろう」

大記は、嗄《か》れた声で言う。

「だが、まだ、斬り足りぬ。まだ、俺に勝てるほどではない」

その通りだった。京四郎は、全身から汗の珠が噴き出すのを感じる。このままでは、闘わずして闘気を消耗《しょうもう》するだけだ。

京四郎は、右脇構えから刀身を起こして右八双《みぎはっそう》に転ずると、気を貯《たくわ》えた。それから、正眼に構える。ややあって、

「っ！」

無言の気合とともに、京四郎は必殺の突きを繰り出した。かわすか、それとも、刀を合わせて引《ひ》っ外《ぱず》すか——どちらであっても、次の手は考えてあった。

が、大記の対処は、京四郎の思考を遙《はる》かに超えるものであった。

信じられないことに、真桑利大記は、同じように突きを繰り出してきたのだ。

それも、京四郎の刀と重なるようにして。

刀身と刀身が、擦《こす》れて焦《こ》げるような勢いであった。長さで勝る大記の剣の切っ先が、京四郎の剣の鍔に激突した。

鍔が割れた瞬間に、京四郎は柄から両手を放していた。そうしなければ、指を落とされていただろう。

右横に跳びながら、京四郎は、脇差を引き抜こうとした。そこへ、片手薙《な》ぎに変化した大記の刀が襲ってきた。

鞘から抜ききらないまま、それを危うく受け止めたが、右手が痺《しび》れて脇差を取り落としそうになる。そのため、抜刀が遅れた。

大記は遅滞《ちたい》なく、真《ま》っ向唐竹割《こうからたけわ》りに撃ちこんでくる。

横一文字に受け止めるのは、間に合いそうもない。焦燥《しょうそう》と恐怖で、京四郎の全身が、かっと熱くなった。

その時、振り下ろされる大記の剣が、急に停止した。

その理由を考える余裕もなく、京四郎は反射的に、脇差を抜き放った。抜きざまに、相手の胴を薙ぐ。

「ごふっ」

空中に大輪の真紅の花が咲いたのかと思われるほど、おびただしい量の血を喉《のど》の奥から迸らせて、大記は前のめりに倒れた。斬り裂かれた胴から流れ出る血とは、色が違う。

「大記っ、そなたは！」

「く……労咳《ろうがい》で死ぬよりは、剣で死にたいと思っていたが……どうやら、貴公のおかげで、その願いは叶《かな》ったようだな」

血まみれの唇を歪《ゆが》めて、大記は言った。

吐血の発作さえなければ、倒れていたのは自分の方だった――と京四郎は思う。

「ええい、不甲斐《ふがい》ない奴めっ」

喚《わめ》きながら、横堀在宗は、右手で自分の顔をつかんだ。

さっと引くと、顔の皮膚がべりべりと破れて、いかなる術によるものか、その中から在宗の顔とは大きさも形も全く異なる酔胡従の面が現れる。着物と袴も下に落ちて、灰色の貫頭衣姿の本体が出現した。

すると、横堀在宗の〈中身〉は、どうなったのであろうか。

「む……奉魔衆《ほうましゅう》かっ」

京四郎は、脇差を構え直した。

「おうよ。奉魔衆の酔胡従と知れ」

面の奥から、第三の奉魔衆は唸《うな》るような声で言う。

「うぬの懐《ふところ》にある三個の宝珠が所望じゃ」

「なるほど。大記に私を斬らせて、宝珠を奪うつもりだったのか」

「くたばれっ」

酔胡従は、右手の独鈷杵を放った。

京四郎が脇差で、それを叩き落とした時には、すでに第二の独鈷杵を放っている。それを弾《はじ》いた時、床の血溜まりに滑って、京四郎の態勢が崩れた。

得たり、と酔胡従が三本目の独鈷杵を放とうとした時、その胸に鍔のない剣が突き刺さった。

「げぇっ……!?」

瀕死《ひんし》の真桑利大記の投げつけた刀だと知って、酔胡従は、驚愕《きょうがく》の呻きを洩らす。

その隙に、躍りこんだ京四郎が、平らな頭の天辺から胸元まで縦一文字に斬り下げた。

「がっ……が、ああ……っ」

血柱を噴いて、断末魔《だんまつま》の叫びとともに酔胡従は、仰向けに倒れた。

血振《ちぶり》した京四郎は、大記を、そっと抱き起こす。

「どうして、私の命を救ってくれたのだ」

「ふ……俺にもわからん」

大記は、かすかに笑った。その顔の色は、すでに生きている者のものではなかった。

「俺の刀をもってゆけ。たしか、村雨丸《むらさめまる》とかいう業物《わざもの》らしい」

「かたじけない。他《ほか》に、何か言い残すことはないか」

「俺には、年の離れた双子の妹がいる……もしも、どこかで会うことがあったら
……懐の三十両を…渡してくれ」

「必ず渡そう。二人の妹御《いもうとご》の名前は」

「名か……上の妹の名は…」

そこまで言った時、大記の目から光が消えた。

首が力なく垂れる。

「………」

京四郎は、真桑利大記の軀を床に横たえると、その懐から財布《さいふ》を取り出す。

それから、村雨丸を鞘に入れて腰に落とすと、この強敵に向かって片手拝《かたておが》みをした。

と、その鼻先に薄煙が漂《ただよ》ってきた。

「おっ」

見ると、断ち割られた酔胡従の面が燃え上がり、その火が床や柱に燃え移っているではないか。異様に燃え方が速い。

脇差を口に咥えると、京四郎は、頭上の太い梁に飛びついた。

その梁に上ると、項垂《うなだ》れている蓮心尼の頰を、軽く叩く。ぼんやりと目を開いた蓮心尼に、

「しっかりしなさいっ」

そう叱咤《しった》して、脇差で縄を切った。ようやく、尼僧は覚醒《かくせい》して、

「京四郎様っ」

抱きついてきた軀を軽々と左腕にかかえ、京四郎は、梁から飛び降りる。その時には、炎は屋根裏にまで達していた。

大記の死骸に素早く片手拝みしてから、出雲京四郎は、階段を駆け降りる。

城下が大騒ぎになる前に、曲輪の外に繋いである馬で、館林を脱出するのだ……。

幕府の公式文書には、「元文《げんぶん》三年四月二十六日、上野館林城雷雨により大破炎上」とある。

館林城の天守は、これより二年後の元文五年に、摂津《せっつ》から移封《いほう》された太田《おおた》摂津守資俊《すけとし》によって再建された。

しかし、天守最上階の白壁には、何度塗《ぬ》り直しても、奇怪な人面のような滲みが浮き出したという。

第五章　黄金鬼《おうごんき》

一

月光も蠟燭《ろうそく》もない。光源は何もない。それなのに、漆黒《しっこく》の闇《やみ》の中に白い裸体が一つ、浮かび上がっている。

ふくよかな軀《からだ》つきの娘だ。まずは美女の部類で、肌は若い。十代後半であろう。島田髷《しまだまげ》が崩れかけて、ほつれ髪が額《ひたい》にかかっていた。

後ろ手に縛られて、その縄《なわ》が前にも回され、豊かな乳房《ちぶさ》の上と下に並行してくいこんでいる。

さらに、両足の太腿《ふともも》と足首を縛った縄も、彼女の背中に回っていた。

したがって、その娘は両足をM字形に大きく開き、上体を斜めに立たせて、まるで見えない台に座らされて、小水《しょうすい》を放出するような恰好《かっこう》になっていた。

無論、豊かな恥毛に覆《おお》われた股間《こかん》の秘部も灰色っぽい背後の排泄孔《はいせつこう》も、完全に露出している。

縄の先は闇の中に溶けこんでいて、見えない。だから、裸《はだか》の娘が引力から断ち切られて宙に浮かんでいるように見えた。

不思議なのは、かなりの負担が五体にかかっているはずなのに、娘の顔に苦痛も怯《おび》えの表情もないことだ。

湯船に漬かっているような、とろんと弛緩《しかん》した顔つきなのである。薬でも飲まされているのか、視線もぼんやりとして、定まっていない。

どうかすると、この緊縛宙吊《きんばくちゅうづ》りの辱《はずかし》めを悦《よろこ》んでいるようにすら見える。

ひゅっ、と音もなく何かが闇をよぎった。

娘の左の膝《ひざ》に、長さ一尺《しゃく》ばかりの馬の手綱《たづな》の切れ端《はし》のようなものが、引っかかる。

その切れ端が、動いた。

手綱でなく、生きものなのである。エメラルドグリーンの鱗《うろこ》を鮮《あざ》やかに光らせた蛇《へび》だ。日本の蛇ではなく、どこか南の国のものらしい。

鎌首《かまくび》をもたげると、軀をくねらせながら太腿の付け根の方へ這《は》い進んでゆく。

そして、草叢《くさむら》の中の赤っぽい肉の割れ目に鼻先を近づけ、そのにおいを嗅《か》ぐような恰好になった。

娘のにおいが気に入ったものか、ちろちろと舌をせわしなく閃《ひらめ》かせる。

その二股《ふたまた》に分かれた舌先が、花芯《かしん》を撫《な》で上げるような動きをすると、

「あ……ん……」

目の焦点の合わぬまま、娘は小さく身じろぎをした。

そして、割れ目の奥から透明な露《つゆ》が湧《わ》き出してくる。蛇の舌先の動きが速くなると、さらに多くの甘露《かんろ》が分泌《ぶんぴつ》された。

それを見た蛇は、大胆にも鼻先を割れ目の中に突っこむ。その奥には、花孔の入口がある。

入口は、経血《けいけつ》の通り道以外は閉ざされていた。つまり、この娘は処女なのだ。

しかし、緑色の蛇は、愛汁《あいじゅう》に濡《ぬ》れた鼻先を、その入口にこじ入れる。

「うう……」

娘は眉間《みけん》に皺《しわ》を刻んで、わずかに呻《うめ》いた。

が、その時には、蛇頭の最も幅のある部分が、女門の内部に侵入を果たしている。

処女の肉扉が裂けたために、娘のそこに血が滲《にじ》んだが、さほど痛がる様子も見せない。

淫靡《いんび》な蛇の行為は、それだけにとどまらなかった。無数の碧緑鱗《へきりょくりん》をうねらせて、どんどん侵入してゆく。

ついには、尻尾《しっぽ》の先まで、完全に女体の内部に埋没してしまう。蛇は子宮の中に入りこんだらしく、娘の秘部と臍《へそ》の間が盛り上がっていた。

娘の頬《ほお》は紅潮《こうちょう》し、吐息《といき》が熱くなっている。悦んでいるのだ。

鮮血の混じった愛汁は花園から溢《あふ》れて、後門まで濡らしている。やはり、媚薬《びやく》か何かを飲まされているのだ。

ひゅっ、とまたもや、闇をよぎって飛来した二匹目の緑の蛇が、右の太腿の上に乗った。

そいつも、くねくねとうねりながら、娘の股間を目指す。が、割れ目に到達すると、さらに、その下へ向かった。

灰色っぽい放射状の皺の中心部、そこが二匹目の蛇の目的地であった。こいつも、舌先を閃かせて、その部分を刺激する。

「んん……ぅ……」

背後の門が、きゅっきゅっ……と別種の生きものみたいに窄《すぼ》まった。

もう一度、舌先を閃かせると、蛇は、その排泄孔に鼻先を潜《もぐ》りこませる。

「く……んあっ……」

さすがに、娘は力なく頭を左右に振った。しかし、蛇は怯《ひる》むことなく、暗黒洞《どう》窟《くつ》への侵入を続ける。

こいつもまた、全身を女体の内臓の中におさめた。直腸から大腸を占領したらしく、下腹部がさらに膨《ふく》れ上がる。

その膨張《ぼうちょう》した下腹部が、不規則に波打つ。子宮と大腸の中で、蛇どもは蠢《うごめ》いているらしい。

娘の悦楽は、この奇怪極まる交わりで深められたらしく、甘ったるい喘《あえ》ぎを洩《も》らしていた。唇《くちびる》の端から唾液《だえき》まで垂らしている。

と、その表情が急に変わった。かっと両眼《りょうめ》を見開いて「駄目《だめ》、それは駄目っ！」と叫ぶ。

次の瞬間、彼女の絶叫とともに、下腹部に真っ赤な薔薇《ばら》が花開いた。

いや、薔薇ではない。腹の肉が爆《は》ぜたように裂けて捲《めく》れ上がったのだ。

その鮮血の薔薇の中央から、二匹の蛇が飛び出して、闇の底に落ちる。

「――どうじゃ」

闇の中で、誰《だれ》かが問うた。

「――ございませんな」別の声が、答える。

「子袋のみならず、念のために腸《はらわた》の中も探索させましたが……宝珠《ほうじゅ》は見つかりませぬ」

「つまり、この娘も八犬女《はっけんにょ》ではなかったわけだ」

「では、やはり……」

「迦楼羅《かるら》よ、出雲京四郎《いずもきょうしろう》を追え。奉魔衆《ほうましゅう》の名にかけて、奴《やつ》の懐《ふところ》にある三つの宝珠を奪うのだっ」

「ははっ」

闇の奥へ、二人の人物の気配が遠ざかってゆく。

腹を喰い破られた娘だけが、闇の中に取り残された。引き裂かれた内臓が、だらりと垂《た》れ下がり、石清水《いわしみず》のように血が流れ落ちている。

娘は口を開いて何事か言いかけたが、言葉にはならなかった。

潮が満ちるように、周囲の闇がじわじわと瀕死《ひんし》の娘の軀《の》を呑みこみ、そして、完全な暗黒となった。

滴《したた》り落ちる血の音だけが、暗黒の空間に虚《むな》しく響《ひび》き渡る……。

二

「たわけっ！」

若い娘を突き飛ばした武士は、一喝《いっかつ》しつつ腰の大刀《だいとう》を引き抜いた。

銀光一閃《いっせん》、見ていた誰もが、その娘が真っ赤な血汐《ちしお》を噴き上げて宿場《しゅくば》の通りに倒れる——と思った。

が、血は一滴も流れなかった。

その代わりに、娘の着物が襟《えり》から帯《おび》の結びにかけて、縦一文字に斬《き》り裂かれる。

ぱっくりと口を開いたそこから、真っ白な背中と臀《しり》の一部が露出した。

「きゃあっ」

その娘は着物の前と帯を押さえて、その場に蹲《うずくま》ってしまう。

中仙道《なかせんどう》、二十番目の宿駅——追分宿《おいわけじゅく》である。元文《げんぶん》三年、陰暦《いんれき》四月末の昼下がりだ。

娘の肌には毛一筋の傷もつけず、小袖《こそで》と肌襦袢《はだじゅばん》だけを斬り下げるとは見事《みごと》な腕

前――と野次馬《やじうま》たちが感心するよりも早く、

「何奴《なにやつ》だっ⁉」

羽織袴《はおりはかま》の旅姿の武士は、怒りの形相《ぎょうそう》で茶店の中を振り返る。

その左の袂《たもと》が、箸《はし》で茶店の柱に縫《ぬ》いつけられていた。手裏剣《しゅりけん》や小柄《こづか》ならともかく、普通の箸を布地越しに木の柱に突き刺したのだから、これを打った者の腕前は並外れている。

このために、刃《やいば》が娘の背中を断ち割るはずが、切っ先で着物を斬り裂くにとどまったのであった。

奥の縁台にいた長身の浪人者《ろうにんもの》が、凍《し》み豆腐《どうふ》の煮付けの器を脇《わき》に置いて、大刀を腰に落としながら、ゆっくりと立ち上がった。

灰緑色《かいりょく》の地に鮫小紋《さめこもん》という柄《がら》の着流し姿で、左手首に美しい水晶の数珠《じゅず》を二連に巻いている。年齢は二十代前半だろう。月代《さかやき》が伸び、一房《ひとふさ》の髪が右眉《みぎまゆ》の上に垂れている。

秀麗《しゅうれい》な容貌《ようぼう》だが、唇は固く引き結ばれて、役者のような甘さはない。

「こいつで、わしの邪魔《じゃま》をしたのは貴様だなっ」

左手で箸を柱から引き抜き、角張《かくば》った顔をした中年の武士は喚《わめ》いた。箸を地べ

たに叩《たた》きつけて、

「名を名乗れ、名をっ！」

「——出雲、京四郎」浪人者は静かに言う。

「箸を打った無礼は、許されたい。貴公《きこう》が無用な殺生《せっしょう》をされるのを、止めるためにしたことです」

「無用な殺生とは何だ。この娘が店の奥から出てきて、わしの脇を通り抜けながら、よろけた振りをして、懐の財布《さいふ》を抜いた。つまり、この娘は道中師《どうちゅうし》なのだっ」

半分は、外の通りの野次馬たちに聞かせるように、叫ぶ。

道中師とは、掏摸《すり》の別称である懐中師《ふところし》と対《つい》をなす言葉で、街道で旅人の金品を盗むことを稼業《かぎょう》にしている者をいう。宿の宿泊客を狙《ねら》う枕探しも、広義の道中師である。

「それゆえ、拙者《せっしゃ》は、この娘道中師を成敗《せいばい》しようとした。武士の懐中物を盗み取った以上、当然のことであろうが」

「貴公が抜き取られた財布とは——」

屈《かが》んだ京四郎は、武士が座っていた縁台の下から赤漆革《あかうるしがわ》の財布を拾い上げた。

「これですかな」

「う、これは……」

京四郎から受け取った財布の重さで、中身が無事なことを知った武士の顔は、驚きと狼狽《ろうばい》で赤面してしまう。

「中身をお改めください。得心なされたら、この場は刀を納めていただきたい」

「むむ……」

その武士は、進退窮《きわ》まった。

どうすれば面目を保てるかと考え迷っているうちに、表の無責任な野次馬の中から、「何だ、あのお侍《さむらい》の早合点《はやがてん》かよ」、「粗忽《そこつ》なお人ですなあ」という声が、武士の背中に浴びせられた。

それを聞いた武士は、

「おのれも、この娘道中師の仲間かっ！」

逆上して、京四郎に斬りかかった。

その一撃を彼にかわされると、さらに憤怒《ふんぬ》の形相となり、力《りき》み返って大刀を振るう。

がっ、とその刃が柱に斜めにくいこんだ。平常時ならば、その武士は茶屋《ちゃや》の柱くらい両断できたかも知れないが、今は頭に血が昇りすぎている。

次の瞬間、京四郎の左の拳《こぶし》が、武士の右脇腹にめりこんだ。

「ぐ……⁉」

急所を一撃された武士は、硬直したようになる。

京四郎は、相手の片袖をつかむと、別の袖口に通して、袂同士を素早く捻《ひね》り締めた。これで、少しの間、両腕は使えない。

柱にくいこんだままの大刀を抜いて、相手の鞘《さや》に納めてやると、そのまま表に連れ出して、ぽんっと背中を突く。

わっと野次馬の群れが割れて、通りの真ん中によろけ出た武士は、ようやく袂を元に戻して両腕を自由にすると、ぐるりと周囲を睨《にら》みつけてから、

「覚えておれっ」

誰にともなく怒鳴りつけてから、半《なか》ば駆け足で東へ去った。野次馬たちは無遠慮に、どっと笑い声を上げる。

皆が武士の方に気を取られている間に、京四郎は蹲っている娘に近寄ると、

「怪我《けが》はないか」

「は、はい……有り難うございます。わたくし、藤《ふじ》と申します」

十七、八の瓜実顔《うりざねがお》の可愛《かわい》い娘である。黒目がちで、唇の右側に小さな黒子《ほくろ》があった。ごく短めにした髪を、鬢《びん》を膨らませずに、頭に撫でつけるようにして後ろでまとめ、銀簪《ぎんかんざし》を挿《さ》していた。

「そのままではどうにもなるまい」

京四郎は、両腕で軽々とお藤を抱き上げた。娘は、「あ……っ」と羞《はず》かしそうに小さな悲鳴を上げる。

通りを横切ると、京四郎は茶屋の斜め向かいにある旅籠《はたご》に入った。

「二階を借りるぞ」

店の者にそう言い放つと、そのまま上がりこむ。その左手首の水晶数珠が、淡《あわ》く発光して虫の音のように鳴っていた。

(やはり、このお藤という娘……八犬女の一人か)

階段を上りながら、京四郎は胸の中で呟《つぶや》く。

今朝《けさ》、上州《じょうしゅう》の坂本《さかもと》宿で彼女を見かけた時から、霊感のようなものが働いたが、何か訳有《わけあ》りの様子だったので、ここまで黙って尾行してきたのである。

出雲京四郎は、これより、この娘を犯さなければならないのだ——。

三

室町《むろまち》時代中期——籤《くじ》引《び》きによって選ばれた第六代将軍・足利義教《あしかがよしのり》と関東公方《くぼう》足利持氏《もちうじ》が衝突し、永享《えいきょう》の乱が起こった。

圧倒的な数の幕府《ばくふ》軍の攻撃によって持氏は大敗し、長男の義久《よしひさ》ともども永安寺《えいあん》で自決した。義久の弟である春王丸《しゅんおうまる》と安王丸《あんおうまる》を擁立《ようりつ》した結城氏朝《ゆうきうじとも》は、持氏の残党を集めて挙兵したが、十万の幕府軍に城を包囲され、持久戦の末に敗《やぶ》れた。この結城城から脱出して安房《あわ》へ向かったのが、名将・里見季基《さとみすえとも》の子、十九歳の又太郎義実《またたろうよしざね》である。

戦乱渦《うず》巻《ま》く安房国を一代で統一した勇壮無類の義実であったが、最も危機に陥《おちい》ったのは、安西景連《あんざいかげつら》の軍勢に滝田《たきた》城を包囲された時であった。

この時、義実がたわむれに口にした「敵将の首を獲《と》ったら、伏姫《ふせひめ》をお前にやろう」という言葉通り、景連の首級《しるし》を獲ってきたのが、愛犬の八房《やつふさ》であった。

十七歳の美姫《びき》・伏姫は、三歳の時に役行者《えんのぎょうじゃ》の化身《けしん》と思われる老人から、一対の数珠を授けられていた。その片方は伏姫が、もう片方は母の五十子《いさらご》が身につけていた。

たとえ獣物《けだもの》であっても、武将の約束は破るわけにはいかない。伏姫は、泣く泣く母と数珠を交換して、八房の背に乗って富山《とみやま》の奥深くに入った。

そして、洞窟の中で法華経三昧《ほけきょうざんまい》の清い暮らしを送っていたが、忠犬の濃厚な愛気を受けて、処女懐胎《かいたい》してしまったのである。絶望した伏姫は、女の身ながら割腹《かっぷく》して自害《じがい》。

すると、その体内から湧き出した白気《はっき》が首の数珠を虚空《こくう》に押し上げ、〈仁《じん》・義《ぎ》・礼《れい》・智《ち》・忠《ちゅう》・信《しん》・孝《こう》・悌《てい》〉の八珠を八方へと飛ばした。

時空を超えて飛散した宝珠は、八人の女性の胎内に宿り、この珠《たま》を握りしめた八人の勇者が誕生した。

これが、世にいう〈里見八犬士《し》〉である。伏姫の霊気を継ぐ八犬士は、義実の子・義成《よしなり》に仕えて里見家の安泰のために尽《つ》くした。

そして、時は流れて江戸《えど》時代初期——第十代当主の里見忠義《ただよし》は、徳川《とくがわ》幕府の重鎮《じゅうちん》である大久保相模守忠隣《おおくぼさがみのかみただちか》の孫娘を正室《せいしつ》に迎えて、その地位は盤石《ばんじゃく》のように思われた。

ところが、慶長《けいちょう》十九年——とんでもない事態が出来《しゅったい》した。政敵・本多佐渡守《ほんださどのかみ》正信《まさのぶ》の策謀により、大久保忠隣が謀反《むほん》の疑いで改易《かいえき》されてしまったのだ。

その余波を被《かぶ》って、十二万二千石の安房藩里見家は、倉吉《くらよし》三万石に国替《くにがえ》を命ぜられた。

国替とは名ばかり、実質的には配流《はいる》であり、元和《げんな》八年、里見忠義は伯耆国《ほうきのくに》・田《た》中《なか》で亡《な》くなった。享年《きょうねん》二十九。病死ではなく、自害であったともいわれている。

ここに、安房の名門・里実家は断絶した。

しかし――里見家国替の直前、家老・正木大膳亮《まさきだいぜんのすけ》は、不思議な老爺《ろうや》の夢を見ていた。

代々貯《たくわ》えられてきた百万両《りょう》相当の黄金を、お家再興のために埋蔵せよ――と老爺は告げた。そして、重臣・窪田志摩之介《くぼたしまのすけ》の子孫に、男根に八個の黒子がある男児が誕生した時こそ、里見家再興の時であるという。

その男児とほぼ同じ頃《ころ》、子宮内に宝珠を宿らせた八人の女児が、関八州《かんはっしゅう》に誕生する。八犬士ならぬ、〈八犬女〉である。

八連黒子の男が、この生娘《きむすめ》ぞろいの八犬女と交わった時、その体内から宝珠が転がり出るのだ。

八個の宝珠を掌中《しょうちゅう》にすれば、自ずから百万両の黄金の隠し場所が判明する。

それだけの資金があれば、幕閣の要人たちに賄賂《まいない》を渡しても、里見家を再興するのに充分であろう。

出雲京四郎の父、儒学者《じゅがくしゃ》の出雲修理之介《しゅりのすけ》こそ、窪田志摩之介の子孫であった。出雲は、母方の姓だ。

そして、京四郎こそは、その陽物《ようぶつ》に八連黒子の持ち主《ぬし》として生まれた運命の男だったのである。

正木大膳亮の子孫である浅乃《あさの》は、吉原《よしわら》で遊女修行までして、性技の達人となった。そして、女体攻略の技術と女性心理を、身をもって京四郎に教えこんだ。

主家の再興という武士として最大の任務を背負わされた京四郎は、好むと好まざるとにかかわらず、八犬女捜索の旅に出ることになった。

しかし、その手がかりは少ない。

関八州のどこかにいること。そして、彼女たちに近づくと、京四郎の左手首の伏姫の数珠が、胎内の宝珠に感応《かんのう》して光り出すということ。さらに、生娘で秘部のどこかに黒子があること――だが、これは抱いてみないとたしかめようがない。

すでに京四郎は、三個の宝珠を手に入れていた。

一人目の八犬女は、手束藩江戸留守居役《たつかはんえどるすいやく》・滝沢和戍《たきざわかずもり》の娘、小百合《さゆり》。その宝珠に浮かんだ文字は〈孝〉。

二人目は、宇都宮の太鼓《たいこ》師・甚作《じんさく》の娘、朱桃《すもも》。宝珠の文字は〈義〉。

そして三人目は、館林《たてばやし》の芳流庵《ほうりゅうあん》の庵主・蓮心尼《れんしんに》である。宝珠の文字は〈信〉だった。

霊夢の告げた通り、三人とも手つかずの処女であった。京四郎に助けられ、その優《やさ》しさに触《ふ》れた彼女たちは、羞《は》じらいながらも純潔を彼に捧《ささ》げたのである。

そして今――この中仙道・追分宿で、出雲京四郎は、四番目の八犬女と思われる娘・お藤と出会ったのであった。

四

江戸と京を結ぶ主要な街道は二つ――太平洋岸をゆく東海《とうかい》道と内陸部を通る中仙道である。

中仙道六十九次《つぎ》は、江戸日本橋《にほんばし》から京の三条大橋《さんじょうおおはし》まで百三十五里《り》と二十四丁《ちょう》八間《けん》。約五百三十三キロである。

前にも述べたように、信濃国《しなののくに》佐久《さく》郡《ごおり》追分宿は中仙道の二十番目の宿駅であり、幕府直轄の天領だ。その名の通り、宿場の西で街道は中仙道と善光寺道《ぜんこうじ》に分岐している。

宿場の規模は百戸ほどで、本陣《ほんじん》が一軒、脇本陣が二軒、旅籠数が三十五軒。

このうち、三十軒が飯盛女《めしもりおんな》という名目の遊女を置いている。

追分節《ぶし》にまで唄われるほどこの宿場の遊女は有名で、何しろ、七百人ほどの住民の六割五分までが女、その半分が遊女という賑《にぎ》わいだ。

残りの五軒だけが、夫婦連れでも泊まれる〈平《ひら》旅籠〉だ。京四郎が上がった杣《そま》木《き》屋は、その平旅籠である。

そして、今——その部屋には、嫋々《じょうじょう》たる歔欷《きょき》の声が流れていた。

「んぅ……ああァ……」

白い肌襦袢一枚の姿のお藤が、京四郎の愛撫《あいぶ》を受けているのだった。

店の女中に京四郎は金を渡し、古着屋から着物を買ってこさせて新品の肌着も用意させた。

それらを着たお藤は丁重《ていちょう》に礼を述べたが、京四郎は「礼はよい。こちらにも下心《したごころ》があってのことだ」と鮮やかに微笑して、彼女を驚かせた。

京四郎の説明を黙って聞いていたお藤は、彼が螢光《けいこう》を放つ水晶数珠を見せると、羞かしそうに俯《うつむ》いて「あたしのような者でよろしければ……抱いてくださいまし……」と言う。その頬は、林檎《りんご》のように真っ赤になっていた。

肩を抱かれ、口を吸われて、お藤は締めたばかりの帯を京四郎の手で解《ほど》かれる。着物を脱がされ、肌襦袢だけになり、その前を開かれて、小さめの乳房《ちぶさ》をつかまれた。

お藤は十八だという。適齢期の早い農村や漁村なら、子供の一人や二人いてもおかしくない年齢である。骨細《ほねぼそ》だが、四肢《しし》の肉は締まっていた。

緋《ひ》色の下裳《したも》を剥《は》ぎ取られたお藤は、内腿《うちもも》を撫で上げられると、自然に下肢を開いてしまう。恥毛は薄く、朱《しゅ》色の亀裂《きれつ》に沿うように帯状に生えていた。

乳頭を嬲《なぶ》っていた男の唇と舌は、すべすべした腹部を這い下りて、女の秘境に至った。

唇と同じように、朱色の花弁の右斜め上にも黒子がある。その体内に宝珠を宿した八犬女であることに、間違いない。

男の巧みな愛撫に秘部は熟《う》れて、充血して膨れた花弁は、外側に向かって捲れ返っていた。その内部の庭は、湧き出した透明な愛汁でいっぱいだ。桜色の粘膜《ねんまく》が、艶《つや》やかに光っている。

京四郎がそこに唇をつけて、豊かな甘露を啜《すす》りこむと、十八娘は笛《ふえ》のようなか細い叫びを上げる。

さらに、木の芽のように尖《とが》った桃色の女芯を唇の先で咥《くわ》えて、顔を左右に振るようにすると、お藤は悲鳴に近い悦声《よがりごえ》を発した。

このために、八犬女探索行の合間にも、様々な女を相手に色道修業を重ねた京四郎である。唇と舌と指を駆使して、お藤のそこを愛撫し、括約筋《かつやくきん》の緊張を解きほぐしてゆく。

そして、押し寄せる未知の快感に彼女が半狂乱になった時、臨戦態勢になっていた巨砲の先端を、濡れそぼった花園に押し当てた。

腰を進めて、聖門を一気に貫《つらぬ》く。

「――――っ！」

思わず仰《の》けぞる、お藤の細く白い喉《のど》。そこに唇を押し当てると、京四郎は、十八娘の破華《はか》の締め具合をじっくりと味わう。

女の生涯《しょうがい》に、ただ一度の疼痛《とうつう》だ。

夫でも恋人でもない男が、大切に守ってきた処女の初穂《はつほ》を摘《つ》む。済《す》まぬ――と心で詫《わ》びながら、ゆっくりと腰を使う。

純潔を貰《もら》ってしまった返礼として、最高の初体験にしてやらねばならない。

四半刻《しはんとき》ほど後――お藤は甘いにおいのする汗にまみれて、生まれて初めて女悦《にょえつ》の絶頂に達した。

同時に、京四郎も精《せい》を放つ。どくっとくっ……と何度かに分けて、女壺《つぼ》の奥へ大量に注《そそ》ぎこんだ。

しばらくの間、二人は抱き合ったままでいた。

お藤が、京四郎の額《ひたい》の汗を舐《な》める。京四郎は、その唇を吸ってやった。深く舌を使うと、お藤も情熱的に舌を絡《から》めてくる。

「――道中師はやめられぬのか」

唇を離した京四郎が、不意にそう言うと、

「えっ」

お藤の顔が強《こわ》ばり、女の部分がきゅっ……と締まった。

京四郎は淡々とした口調で、

「お前が茶店の奥にいた時から、私の数珠が光っていた。しかし、お前の緊張した態度が不審だったので、声をかけなかったのだ。すると、お前は、あの御仁《ごじん》の脇を通りながら、よろけたように見せて、懐の財布を抜き取った――」

「いえ、財布は縁台の下に……」

「すりとった瞬間、相手が気づいたと悟って、素早く縁台の下へ投げこんだ。その一部始終を、斜め後ろから私は見ていたのだが、鮮やかな手並みであった。懐に証拠の財布さえなければ、幾《いく》らでも言い訳はできるからな。女の身で、その年で、あれほどの業《わざ》を習得するためには、どれほどの修行を重ねたことか……辛《つら》かったであろうな」

「京四郎様……」

目に大粒の涙を浮かべたお藤は、男の太い首にすがりついた。

「あたしは……あたしと姉のお咲《さき》は、事情があって幼い頃に養子に出されました。ですが、その養親が火事で家も財産も失い、あたしたち姉妹を捨てたのでございます。七歳の時でした。そんなあたしたちを拾ったのが、犬打《いぬうち》の輪吉《わきち》という男……」

輪吉は、中仙道・甲州《こうしゅう》街道を縄張りにする道中師の元締《もとじめ》であった。お咲とお藤の姉妹は、輪吉の情婦であるお久《ひさ》という女から、道中師のいろはを教えこまれた。

五指の筋を伸ばし、軟体生物のように自由自在に動かせるようにするのには、遅くとも十歳前から修行を開始しなければならないという。厳しい訓練を重ねた結果、姉妹は一流の道中師の技術を身につけた。

しかし、女は成熟すると肉体に脂《あぶら》がついて、軀のきれが鈍くなる。だから、二人は十九になると、輪吉に抱かれて、男を誘惑して財布を盗む枕探し専門にされる予定なのだ。

「あたしたちは、それが厭《いや》で厭で……だけど、輪吉は恐ろしい奴です。もしも逃げ出したりしたら、どんな拷問《ごうもん》にかけられるか……」

「酷《むご》い話だな」

この姉妹を救ってやろう──と考えながら、京四郎は言う。

「ですが、実は光明《こうみょう》が見えて参《まい》りました」

「その光明とは……いや、待ちなさい」

結合を解いた京四郎は、桜紙《さくらがみ》で後始末をする。第四の宝珠を産み落とした、お藤のその部分もだ。女になったばかりの娘は、それを、ひどく羞かしがる。

彼女の宝珠には〈智〉の文字が浮かび上がっていた。

「五日ほど前のことですが──」

身繕《みづくろ》いをした二人は、話の続きをする。

「姉のお咲が、甲州街道の金沢宿《かなざわ》で旅人の財布を抜いた時、その中に古い地図が入っていたのです」

「何の地図だ」

「はい。それは、穴山梅雪《あなやまばいせつ》の埋蔵金の地図でございました」

五

元亀《げんき》四年四月——甲斐《かい》の勇将・武田信玄《たけだしんげん》、死す。

病死であったとも、狙撃された傷が悪化しての死ともいわれる。

武田家の家督を継いだのは四男の勝頼《かつより》であったが、天正三年の長篠《ながしの》の戦いで織《お》田信長《だのぶなが》・徳川家康《とくがわいえやす》の連合軍に大敗し、その後も劣勢を挽回《ばんかい》することはできず、天正十年三月、天目山《てんもくざん》で自刃《じじん》した。

ここに甲斐の名門、武田家は滅亡したのである。

だが、優秀な金山衆《かなやましゅう》をかかえて、戦国武将の中でも抜きん出て金山《きんざん》の開発に熱心だった武田信玄は、黒川《くろかわ》金山など多くの優良な金鉱を所有していた。甲州金という独自の金貨も発行していた。

その信玄が貯えた巨額の軍資金が、中部地方のどこかに眠っているという伝説は、幾つも語り継がれている。

その中の一つが、〈穴山梅雪の埋蔵金〉であった。

穴山梅雪斎信君《さいのぶきみ》──いわゆる穴山梅雪は、信玄の姉の子で、しかも妻は信玄の次女であった。武田二十四将の一人で、一門衆《いちもんしゅう》の筆頭でもある。

だが、梅雪は従弟《いとこ》の勝頼を見限って、信長・家康軍に寝返り、天目山の戦いの勝利に貢献した。

しかし、本能寺《ほんのうじ》の変を知って、堺《さかい》から駿河《するが》に戻る途中、山城国宇治田原《やましろのくにうじたわら》で野武士に襲われて果てた。天正十年六月のことだ。

この梅雪一行を襲った野武士の頭目《とうもく》が、信長に滅ぼされた悲劇の武将・浅井備前守長政《あざいびぜんのかみながまさ》の家臣・諸澄九右衛門政景《もろずみきゅうえもんまさかげ》だったのは、運命の皮肉というべきであろう。この九右衛門の実弟が、信長狙撃で有名な杉谷善住坊《すぎたにぜんじゅぼう》だ。

さて──九右衛門は、討ち取った獲物の所持品を調べているうちに、数枚の書きつけを見つけた。それこそ、信玄の軍資金の行方を示した暗号地図だったのだ。

穴山梅雪は、信玄に命じられて馬五十頭分の黄金を柳沢峠《やなぎさわとうげ》に埋めた。馬一頭につき三十六貫《かん》──百三十五キロが標準の荷物だから、五十頭だと千八百貫ということになる。七トン近い重量だ。

徳川方に寝返った直後に、当然のことながら、梅雪はその黄金を掘り出して、信州のある場所に埋め直した。九右衛門は、腹心の部下二人とともに信州へ向かい、ついに、その埋蔵金を発見したのである。

あまりにも量が多いので、とりあえず二百貫ほどの黄金——竹流《たけなが》しの延棒《のべぼう》や砂金《さきん》、塊金《かいきん》などを馬に背負わせて運び出した。

そして、駿州蒲原《すんしゅうかんばら》に住み着き、残りの黄金は時期を見て目立たないように運んでこようと考えていた。

ところが、九右衛門の行動を怪《あや》しんだ野武士の残党が、蒲原に押しかけ、九右衛門たち三人を殺して、彼らの黄金を奪い去ったのである。

だが、用心深い九右衛門は、万一の場合に備えて、残りの埋蔵金の在処《ありか》を二枚の地図に書き記し、その一枚を三歳の息子の守り袋の中に入れておいた。そして、もう一枚を妾《めかけ》の某女の守り袋に入れたのである。

成人した息子は、守り袋の中の地図が埋蔵金にかかわるものであることに気づいた。だが、もう一枚の地図がないと、正確な場所がわからないのだ。

その時には、父の妾だった女も死亡しており、彼女の墓まで暴《あば》いたが、守り袋は見つからなかった。片方の地図だけを頼りに、甲州の山々を歩き回ったが、無論、埋蔵金は見つかるはずもない。

こうして時は流れ、豊臣《とよとみ》の世は徳川の世に変わり、八代将軍吉宗《よしむね》の治世《ちせい》になった。九右衛門の息子の地図は、長い長い遍歴《へんれき》の末に、小田原《おだわら》の豪商・行徳屋定《ぎょうとくやさだ》次郎《じろう》の手に入った。そして、妾の方の地図は、西国《さいごく》浪人・山下左之介《やましたさのすけ》が所持していた。左之介は、強請《ゆす》りもやれば殺しもやるという札つきの無頼《ぶらい》浪人である。

行徳屋定次郎は、左之介が地図をもっていることを知り、甘言《かんげん》を弄《ろう》してこれを買い取ろうとしたが、地図の価値を知っている左之介は断った。次には、食い詰め浪人どもを雇《やと》って左之介を襲わせたが、逆に返り討ちにされてしまった。

仕方なく、定次郎は左之介と手を組み、埋蔵金を山分けにする約束をした。

だが、互いに相手を信じてはいないから、自分のもっている地図は見せない。ただ、双方の情報を小出しにして突き合わせ、大体の場所を中仙道筋としたのである。

そして、甲州街道から中仙道へと向かう途中の金沢宿の旅籠で、二人とも女道中師に財布をすりとられてしまった。行徳屋定次郎から抜いたのがお藤、山下左之介から抜いたのが、姉のお咲である。

財布は二重底になっていて、そこに折り畳《たた》んだ地図が隠されていた。そして、同業者の噂話《うわさばなし》から、抜いた相手の素性と目的を知ったのである。

「その地図は、一枚だけ見ると意味のない蚯蚓《みみず》の這ったような線が散らばっているだけなのですが、二枚を重ねて日の光に透《す》かして見ると、意味のある言葉と絵になり、埋蔵金の在処がわかるという仕掛けでした」

男を知ったばかりのお藤の、話しながら、ちらりちらりと京四郎の横顔を見上げる様子が、初々《ういうい》しい。

二人は、善光寺道を西に向かっている。目的地は、小諸《こもろ》だ。小諸は、牧野《まきの》家一万五千石の城下町である。

「なるほど、考えたものだな」

平原《ひらはら》という村を通り抜けると、街道の両側は林で、出雲京四郎とお藤以外に旅人の姿はない。梅雨《つゆ》を目前にして、だいぶ日が長くなったが、あと半刻ほどで夕暮れであろう。

「埋蔵場所は、小諸の南とわかりました。姉は申しました。千六百貫もの黄金があれば、犬打の輪吉の手から逃れて、どこか遠くで穏《おだ》やかに暮らせる、生き別れの兄を捜すこともできる——と」

一両あれば、庶民の四人家族が一ヵ月暮らせる。千六百貫の黄金といえば、単純に考えても、五万両以上の価値があろう。

「それで、二人で埋蔵金を手に入れることにしたのか」

「はい。元締の輪吉たちも地図の価値に感づいたようなので、あたしたちは、金沢の盗人宿《ぬすっとやど》から抜け出し、二人では目立つので、別々に小諸へ向かったのです。小諸の古那屋《こなや》という旅籠で落ち合うことにして。それで、あたしは路銀《ろぎん》を稼ごうとして、お恥ずかしい失敗をしてしまい……京四郎様に救われましたの」

「二人では目立つ、とは……」

「ああ、申し上げるのを忘れておりました」

お藤は京四郎の顔を振り仰いで、明るい声で、

「あたしと姉は、双子ですの。黒子の場所が唇の右と左と違うだけで」

京四郎は立ち止まった。まじまじと、お藤の顔を見つめる。久利屋《くりや》川に架《か》かる欄干《らんかん》のない土橋の上に、二人はいた。

「あの……どうかなさいました。あたし、何かお気に障《さわ》ることでも？」

操《みさお》を捧げた相手の不審な態度に、十八娘は怯えた表情になる。

「双子で、生き別れの兄がいると申したか……」

「もしや、そなたたちの兄の名は――」

「ええ……でも、それが？」

そこまで言った時、京四郎の左手が大刀の鞘に伸びた。親指で鍔《つば》を押し上げ、
くっ……と鯉口《こいぐち》を切る。

「おい、出てきたらどうだっ」

お藤を背の後ろに庇《かば》いながら、京四郎は、土橋の両側に視線を走らせた。

ややあって、東の袂に近い林の中から、三十前後の悪相の浪人者が姿を見せる。

そして、西の袂に近い林の中からは、旅姿の五十前と見える商人風の男と若い男が出てきた。

「そっちが、山下左之介。こっちが、行徳屋定次郎か。後ろの奴は、手代《てだい》というところかな」

「ご名答、これは手代の長治《ちょうじ》と申します」

鬢に白いものが交《ま》じった定次郎は言う。

「ねえ、お侍様。どんな引っかかりか知りませんが、その牝狐《めぎつね》を素直に渡していただけませんか。こちらとしては、無用な争いは避けたいんですがね」

それを聞いたお藤が、京四郎の袖を、きゅっと強くつかんだ。

「生憎《あいにく》だが」と京四郎。

「私は、悪党と取引はせぬことにしておる」

「ふん。色男ぶりおって」

東側の山下左之介が、咥えていた楊枝《ようじ》を吹き飛ばして、

「命だけは助けてやろうという我らの親切心がわからぬほど、色呆《いろぼ》けしておるのか」

さっと大刀を引き抜いた。

「まあ、よい。貴様を斬った後で、その娘を臓腑《ぞうふ》が裏返しになるほど嬲り抜いて、生きたまま山犬の餌《えさ》にしてくれるわ」

西側の定次郎と長治も、懐に右手を入れて、匕首《あいくち》を抜き放った。慣れた手つきであった。

「……………」

京四郎は大刀の柄《つか》に手もかけぬまま、両側に目を配る。土橋の上だから、背後から攻められる怖《おそ》れはない。

「──お藤」京四郎は静かに言う。

「そこを動くなよ」

「は、はい……」

震《ふる》えながらお藤が返事をした瞬間、京四郎が動いた。弦《つる》から放たれた弓矢のように、いきなり、左之介の方へ飛び出す。

「むぅっ!?」

驚く無頼浪人の喉元に、諸手突《もろてづ》きを放つ。左之介は思わず、一間ほど後退した。

と、京四郎は素早く身を翻《ひるがえ》して、定次郎の方へ突進する。

虚《きょ》を突かれた行徳屋主従《しゅじゅう》が匕首を振りかざす暇も与えず、その右肩に大刀の峰《みね》を振り下ろした。鎖骨《さこつ》を微塵《みじん》に砕《くだ》かれて悲鳴を上げる定次郎と長治を、二間ほど下の久利屋川の流れに蹴落《けお》とす。

そして、再び身を翻し、態勢を立て直した左之介と対峙《たいじ》した。

「味な真似《まね》を……」

左之介は怒りのあまり、左の上瞼《うわまぶた》を痙攣《けいれん》させて、

「その面《つら》、断ち割ってくれよう!」

喚きながら、上段から斬りかかってきた。

京四郎は難なく、その斬り下ろしを弾《はじ》き返すと、左之介の右腕を肘《ひじ》から斬り落とす。大刀を握ったままの腕が、どさりと土橋の上に落ちた。

「おおおっ！」

真っ赤な血を噴く肘の切断面を左手でつかみながら、左之介は吠《ほ》える。

京四郎が足元を払うと、他愛《たあい》なく頭から久利屋川に落ちた。行徳屋主従を追うように、流されてゆく。

京四郎は血振《ちぶり》すると、懐紙《かいし》で刃を拭《ぬぐ》ってから納刀《のうとう》した。

「京四郎様！」

お藤は、男の胸に抱きついた。

と、その時、

「お藤、大丈夫かいっ！」

西の方から駆け寄ってきた娘がいる。

右手に匕首を構えていた。お藤とそっくりの顔立ちだが、目つきが鋭い。

「姉さんっ」

あわてて、お藤は京四郎から離れた。

「胸騒ぎがしたんで、街道を引き返してきたんだ。そのお侍、何者だい」

「あの……出雲京四郎様とおっしゃって、あたしたちの味方よ」

「味方……？　ふん、どうだかね」

一応、匕首は納めたが、お咲は胡散《うさん》くさそうに、京四郎を睨みつける。

「そんな、失礼じゃありませんか」

お藤が、その腕に手をかけようとすると、お咲は、はっとして、

「お前……男を識《し》ったね。抱かれたんだね、このお侍に。そうだろうっ」

さすがに双生児だけあって、お咲の勘《かん》は鋭かった。

「いや……姉さんたら」

お藤は真っ赤になって、両手で顔を覆ってしまう。そんな妹を、お咲は、見知らぬ生きものに遭遇したように、気味悪そうに見つめた。

その二人に、京四郎は、

「そなたたちの姓は、真桑利《まくわり》というのではないか」

「どうしてそれをっ」

お藤は驚く。

「そして、生き別れの兄の名は大記《だいき》というのだろう」

「兄上を知っているのかっ」

お咲が、身を乗り出した。

「気の毒だが、そなたたちの兄は亡《な》くなった」

京四郎の声は沈んでいる。

「真桑利大記を斬ったのは――この私だ」

彼の左手首では、伏姫の数珠が淡く発光している。お藤の姉のお咲もまた、八犬女の一人なのであった。

六

「巨《おお》きい……何か怖《こわ》いよ、お藤」

出雲京四郎の前に跪《ひざまず》いているお咲は、不安そうに隣で跪いている妹に言う。

「こんなものが、あたしの大事なところに入るわけないじゃないか」

「大丈夫よ、姉さん。全《すべ》てを京四郎様に、お任せするの」

双子の姉妹も、そして、仁王立ちになっている京四郎も、一糸まとわぬ全裸であった。

したがって、お咲の目の前には、茄子《なすび》色をした肉の凶器が、だらりと垂れ下がっている。その状態で、普通の男の勃起《ぼっき》時と変わらぬほど巨きいのだ。

そこは、小諸宿の旅籠・古那屋の離れ座敷であった。

時刻は、真夜中近い。大きめの火鉢《ひばち》が二つあるので、座敷の中は暖かかった。

最初は興奮して、兄の仇敵《かたき》を討つと息巻いていたお咲であったが、宿に上がって京四郎から館林《たてばやし》での事件の一部始終を説明され預かっていた三十両を渡されると、次第に落ち着きを取り戻した。

そして、労咳《ろうがい》の末期であった大記が、自《みずか》ら望んで京四郎に斬られたと知ると、ぽろぽろと大粒の涙を流しながら、納得したようであった。

すでに女にしてもらっているお藤の方は、仮に京四郎が本当に非道《ひどう》な仇敵であっても、責めるつもりはないらしい。それどころか、京四郎に抱いてもらえ——と積極的に姉を説得する……。

三人は遅い夕食を摂《と》り、風呂《ふろ》に入った。そしてこれから、お藤の立ち会いの下《もと》、お咲の破華の儀式が行なわれようとしているのであった。

「それに」お藤が先輩風を吹かせるように、

「本当にあそこに入る時には、もっと巨きくなるのよ。しかも、凄《すご》く硬くなるの」

「えっ……？」

お咲は泣きそうな顔になる。

おとなしそうな妹のお藤の方が、初体験の時に度胸が据《す》わっていて、男勝《おとこまさ》りのじゃじゃ馬のような姉のお咲が、いざ床入《とこい》りとなると気弱になるというのは、なかなかに興味深い。

「私のものを可愛がってくれぬか」

姉娘の緊張をほぐすために、京四郎は妹娘に、そう言った。

「は、はい……喜んで」

頬を染めながらも、お藤が両手で男の肉塊を捧げ持つようにする。

「何をするつもり」

「前に、お久姐《ねえ》さんに教わったじゃない。お口で、京四郎様にご奉仕するのよ」

「口で……！」

ますます、お咲は追いつめられた表情になった。

そんな姉に構わずに、お藤は、男根の先端に唇を押し当てた。目を閉じて、それを口に含む。そして、舌を動かす。

「うむ……よい気持だ」

技巧はないに等しいが、女になったばかりの若い娘の口腔粘膜《こうこうねんまく》の温《あたた》かさは、悪くない。それに、男にとっては、どんな超絶技巧よりも、心のこもった愛撫こそが最高の快感をもたらすのだ。

京四郎の言葉に、お藤は目を開いて嬉《うれ》しそうに微笑《ほほえ》むと、再び目をつぶって口唇奉仕に没頭する。

その様子を、脇から半ば羨《うらや》ましそうに見ていたお咲が、

「あ…あの、京四郎様……あたしもご奉仕させていただいて、よろしいですか」

土橋で会った時の殺気立った剣幕《けんまく》からは、想像もできないほどしおらしい口調で言う。

「よいとも。好きにするがいい」

「有り難うございます。では――」

半勃《はんだ》ち状態に膨らんだ肉根の茎部に、お咲は、くちづけをした。そして、猫《ねこ》が水を飲むように、ぺろぺろと舌を使って舐める。

美しい十八歳の双子姉妹が男根に口唇奉仕する様《さま》を見下ろすのは、よいものだ。

全《まった》く瓜二つの顔立ちで、相違点といえば、姉のお咲が唇の左端に黒子が、妹のお藤が右端にあることくらいだ。なお、かなり短めの髪は、姉が左分け、妹が右分けにしている。

善光寺道を歩きながらお藤に聞いたところによると、極端な短髪にしているの

は、抜き盗りに失敗した時に、相手に髷をつかまれないようにする用心だそうだ。どんな稼業にもそれなりの苦労と工夫があるものだ――と、京四郎は妙なところで感心した。

二人の美女の献身的な吸茎《フェラチオ》によって、京四郎の凶器は、その偉容《いよう》を露《あら》わにした。急角度にそそり立ち、全長も直径も普通の男性の倍以上という巨砲である。しかも、玉冠部《ぎょっかん》と茎部との境の段差が著《いちじる》しい。

「本当……さっきよりも巨きくなって、しかも、お地蔵様《じぞう》みたいに硬くて熱い……」

目を潤《うる》ませて、お咲は男根に頰ずりする。

「こんなものを突っこまれたら、あたし、きっと死んでしまうよね……でも……死んでもいいから犯されてみたい……」

「よくぞ申した、お咲」

京四郎は、彼女の頭を優しく撫でながら、

「そこに臥《ふ》しなさい。私のもので、女にしてやろう」

「はい……」

全裸のお咲は素直に、敷きのべられている夜具の上に仰向《あおむ》けになり、目を閉じた。

秘部の恥毛の生《は》え具合は、妹と同じ帯状だ。上の唇と同じに、下の唇の左上に、小さな黒子がある。花園の形状まで、瓜二つであった。

四肢の肉が締まっているのは、厳しい道中師修行のためであろう。

京四郎は、彼女に接吻《せっぷん》すると、時間をかけて、その素晴らしい肢体を愛撫してゆく。お藤は、傍《かたわ》らに横座りになって、姉の右手を握ってやっていた。

極端に羞じらうお咲の、肉体の隅々《すみずみ》までも舐め尽くすと、処女の花園はどうしようもないほど濡れてくる。

京四郎が、正常位で貫く態勢になると、

「厭《いや》……駄目ぇ……」

お咲は身をよじった。また初体験の決心が鈍ったのかと思ったら、「だって、このままじゃあ……京四郎様にあたしの顔を見られてしまうもの」と甘え声で言う。

「では、どうする」

京四郎が尋《たず》ねると、お咲は自ら、犬這いの姿勢をとった。

引き締まった小さな臀が、男の方に突き出される。丸くて、すべすべしていた。

後門も花園も丸見えになっている。

「こんな恰好でもできるのでしょう。これで、犯してくださいまし」

普通の女なら、四《よっ》ん這いの姿勢をこそ羞かしがるものだが、不思議な羞恥心《しゅうち》の在り方であった。

だが、これはこれで征服欲が大いに満たされるから、処女地を突き抜く男にとっては、好ましい態位《たいい》ともいえる。

「うむ、こうか――」

京四郎は片膝立ちの態勢になると、猛々《たけだけ》しいほど屹立《きつりつ》している巨根の先端を、ぬかるみのようになっている秘部にあてがった。

臀《わし》の双丘を鷲づかみにすると、ずん……と貫通する。

「ひいイィ……っ！」

お咲は、背中を弓のように反《そ》らせた。男の凶器は、その根元まで花園の内部に没している。

乙女《おとめ》の括約筋が、きりきりと痛みを感じるほど強く巨根を締めつけた。結合部には、血が滲んでいる。

「京四郎様……あたしのそこ、おかしくない？　他《ほか》の娘と同じ？」

苦痛に喘ぎながら、お咲が問う。

「同じどころか、それ以上だ。お前たち二人の女壺は、極上の味わいだぞ」

「嬉しい……」

お咲は感激の涙さえ流して、

「姦《や》って、京四郎様。ずたずたになってもいいから、あたしを突きまくって！」

男も女も、日常において気の強い者ほど床の中では被虐的《マゾヒスティック》になることが多いが、お咲は、その典型らしい。

京四郎は、その望みをかなえてやった。力強く、突いて、突いて、突きまくる。

そんな京四郎の背後に膝立ちになったお藤は、乳房や下腹部を男の背中に密着させて、分厚い胸を両手で撫でまわしながら、男の首筋に唇を這わせる。

京四郎は、左手でお咲の腰のくびれをつかみ、右手を後ろに回した。自分の背中に貼《は》りついているお藤の臀肉をつかみ、その臀孔に指先を挿入《そうにゅう》する。

巨砲で規則的に姉娘の花孔を責めながら、指で妹娘の後門を蹂躙《じゅうりん》するという、三人乱交の痴態《ちたい》だ。美姉妹による悦声の二重唱《デュエット》である。

これほど淫《みだ》らな行為に耽《ふけ》りながら、剣の修行で鍛《きた》えた京四郎は、息も弾《はず》ませていない。

やがて、お咲の快楽《かいらく》曲線が急激に高まるのを、京四郎は巨根の表面で感じ取った。それに合わせて、引金を絞る。

ついに大波にとらわれたお咲が、全身を痙攣させて達した。京四郎も放つ。

余韻《よいん》を充分に楽しんでから、ずるりと肉根を引き抜くと、ぽっかりと開いたお咲の花孔から転げ出た宝珠は、〈忠〉であった。

七

小諸宿から中仙道の塩名田《しおなだ》宿へ至る脇街道を、小諸道という。

この小諸道の臼田《うすだ》から上州の下仁田《しもにた》へ向かう道の途中に、田口峠《たぐちとうげ》がある。田口峠の南の馬坂《うまさか》川に面《めん》した斜面には広川原《ひろかわら》という村があり、そこに禅昌寺《ぜんしょうじ》という寺がある。

この禅昌寺の裏山に、蛇穴、地獄《じごく》穴、極楽穴、龍王穴など十数個の洞窟があった。最勝洞《さいしょうどう》と呼ばれる洞窟群である。

諸澄九右衛門が遺《のこ》した地図によれば——この最勝洞に穴山梅雪の黄金が隠されているのだ。

お咲が出雲京四郎に処女を捧げた翌日の朝、三人は小諸宿を発《た》ち、二刻ほどで広川原村に着いた。そして、禅昌寺の裏の急な山道を登ってゆくと、地図の指定する〈奈落穴《ならくあな》〉に辿《たど》り着いた。

少し休んでから、草鞋《わらじ》の紐《ひも》を締め直し、折り畳み式の蠟燭立てを手にした京四郎を先頭にして、洞窟へ入る。

中は下り坂だ。内部は幅一間半、高さ二間ほどである。空気は、ひんやりと湿《しめ》っていた。

「気味が悪いわ」

お藤が心細そうに言う。

「岩肌が乾いているのが、助かるな。足を滑《すべ》らせる心配がない」

京四郎が言った。転倒して蠟燭の火が消えたら、娘たちは狂乱してしまうに違いない。

それから、一丁ほども奥へ入ったであろうか、大きな池にぶつかった。機織《はたおり》池である。

その池を迂回《うかい》して、さらに進むと、右手に脇穴があった。京四郎が、ようやく通れるくらいの小さな脇穴だ。

その穴の奥は大きな岩に塞《ふさ》がれて行き止まりだった。しかし、蠟燭立てをお咲に渡して、京四郎が岩に両手をかけると、意外なほど簡単に右へ滑る。

「おお……っ！」

その扉岩の向こうには、広大な空間があった。三千坪《つぼ》以上はある。天井まで、優に十間はあるのではないか。

しかも、岩肌に光苔《ひかりごけ》が無数に貼りついていて、洞窟全体が不思議な光で満たされている。中央に黒々とした地底湖があり、見たこともない水草が浮いていた。

そして、地底湖の手前に小さな地蔵を置いた岩の台があり、地蔵の後ろに古びた木箱が積み上げてあった。七、八十はある。

九右衛門の地図は、本物だったのだ。

「あった！」

お咲とお藤は、岩台に駆け寄った。手前の木箱を開いてみると、中には粒状の塊金がいっぱいに詰まっていた。

京四郎が別の箱を開くと、それには、溶かした金を竹の筒に入れて固めた竹流しの延棒が入っている。

「凄いっ、本物よ、姉さんっ」とお藤。

「これで、兄さんの立派なお墓を建ててあげられるわ」

「ええ。輪吉の奴の知らない土地へ行ってねっ」

双子美姉妹は、幼児のようにはしゃぐ。

「――そいつァどうかな」

突然の声に三人が振り向くと、扉岩の所に猪首《いくび》の小男が立っていた。

その後ろには、屈強そうな六人の若い衆がいた。みんな、腰に反りのない道《どう》中差《ちゅうざし》を落としている。

「元締……！」

お藤が、恐怖に満ちた声で言う。

「そうとも。お前たちを束ねている犬打の輪吉様さ。おう、お咲、お藤。宝の山に案内してくれて、どうもありがとよ」

四十絡みの輪吉は、にたりと残酷な嗤《わら》いを浮かべると、

「その礼に、お前らの膾《なます》に刻んだ死骸《しがい》は仲良く、そこの湖に叩きこんでやるぜ。その痩《や》せ浪人も一緒になっ」

七人は、さっと道中差を抜き放った。

「退《さ》がっていろ」

京四郎も、抜刀《ばっとう》する。真桑利大記から譲り受けた名刀・村雨丸《むらさめまる》が、大記の妹たちを救うのに役立つわけだ。

「野郎っ」

固太《かたぶと》りの若い衆が、猛然と斬りかかってきた。真っ向から振り下ろされた一撃をかわしながら、京四郎は村雨丸を斜めに掬《すく》い上げる。

そいつの生首が、数間先まで血の尾を曳いて吹っ飛んだ。残った胴体が、切断面から真っ赤な血柱を噴き上げながら、前のめりに倒れる。

「と、徳松《とくまつ》！」

「くそっ……やるな」

京四郎の鮮やかな腕前に、道中師たちは動揺した。

出雲京四郎は自ら殺生を求めるわけではないが、此奴《こやつ》らを生かしておくと、真桑利姉妹が安泰に暮らすことができない。大記への供養がわりに、輪吉たちは斬らねばならぬ。

「馬鹿《ばか》野郎、さっさと始末しねえかっ」

輪吉は吠えた。

と、一番後ろにいた若い衆が、濁《にご》った悲鳴を上げて倒れる。背中を斜めに斬られていた。

「な、何だ、てめえはっ」

振り向いた輪吉たちは、そこに幽鬼《ゆうき》のような浪人の姿を見た。

左手で大刀を構え、右腕は、肘から先がない。山下左之介であった。

右腕の付け根を縛って血止めしているが、肘の切断面からは腐臭《ふしゅう》が漂《ただよ》ってい
る。その顔色は、生きている人間のものではなかった。

「わしのだ……」左之介はかすれ声で言った。

「誰にも渡さぬ………梅雪の埋蔵金はみんな、わしのものだ……」

「こいつも斬《き》れ！　斬るんだっ」

あわてて、残った四人は左之介の方へ向き直ったが、その時には、さらに二人
目が左之介に斬り倒された。

「ええいっ、くそ阿魔《アマ》どもが！」

輪吉は、怒りに顔を歪《ゆが》めながら、岩台の後ろに避難していたお咲たちの方へ走
る。

「待てっ」

京四郎が追うと、振り向きざまに、道中差を横薙《よこな》ぎにしてきた。紙一重《かみひとえ》の差で、

それをかわした京四郎は、垂直に大刀を振り下ろす。

顔面を真っ二つに割られた輪吉は、脳味噌《みそ》を振り撒《ま》きながら、倒れた。ひゅっと血振した京四郎は、背後で異様な呻きが上がったので、振り返る。

若い衆を四人まで斬り捨てた左之介が、斜め後ろから体当たりしてきた最後の奴に、脇腹を貫かれたのであった。

一瞬、棒立ちになった左之介だが、相手を突き飛ばして、斬り倒す。脇腹を、道中差が貫いたままだ。

「黄金……わしの黄金……」

鬼気《きき》迫る表情で、左之介は岩台に向かって歩いた。

しかし、あと一歩で木箱に触れることができるというところで、力尽きて前のめりに倒れる。その手が、地蔵を払うようにして倒した。

次の瞬間、轟音《ごうおん》と地鳴りが、地面を揺るがす。地底湖の中央から、白く水柱が高々と噴き上がった。物凄い勢いで天井にぶつかって、そこの岩盤を崩す。

「罠《わな》だ、逃げろっ！」

納刀した京四郎は、お咲とお藤の手を引いて、扉岩の方へ走る。あの地蔵を倒すと、洞窟が崩壊して侵入者を皆殺しにする仕掛けになっていたのだろう。

脇穴を通り抜けた京四郎は、蠟燭を使う暇もなく、勘だけで暗黒の斜洞を走った。

ようやく、奈落穴から出るのと、崩れた天井が洞窟の入口を塞ぐのが、ほぼ同時であった。土埃《つちぼこり》が舞う。

「埋蔵金が……」

お咲とお藤は、放心したようになった。

「諦《あきら》めろ。そなたたちの兄から預かった三十両があるではないか」

そう言った京四郎は、黄金への欲に狂った山下左之介たちの最期《さいご》を思い出しながら、自分への戒《いまし》めとした。里見家の埋蔵金は、あくまでも主家再興のためのものなのだ。

しかし――そんな三人を十間ほど離れた木の上から見つめている眼があることに、さすがの京四郎も気づかなかった。

「あれが……出雲京四郎か」

高い杉《すぎ》の木の枝に座っているのは、奇っ怪な鳥面を被り、白装束《しろしょうぞく》で、首にはエメラルドグリーンの毒蛇を巻いている人物だ。謎の幻術集団・奉魔衆の迦楼羅であった。

「我らの仲間を三人までも倒したというから、どのような奴かと思ったら……ただの若造ではないか」

毒蛇の頭を撫でながら、迦楼羅は呟く。

「よかろう。阿奴《あやつ》が八個の宝珠を集め終わったら、この迦楼羅様が息の根を止めてくれようぞ。く、くくく……」

怪鳥人の嗤いに応えるように、碧緑の毒蛇が、しゃっと舌先を閃かせた。

番外篇　蛇性《じゃせい》の婬《いん》

一

白い蜜《みつ》のように濃厚な霧が、行く手を覆《おお》っていた。

見えるのは足元から三間《けん》くらいまでで、それから先は霧に包まれ、道か林かすら判別できない。

「妙だな……とうに、蔦木宿《つたきじゅく》に入っても良いころだが」

そう呟《つぶや》いたのは、着流し姿の出雲京四郎《いずもきょうしろう》である。

数日前──中仙道《なかせんどう》の追分宿《おいわけ》で穴山梅雪《あなやまばいせつ》の埋蔵金事件に巻きこまれた京四郎は、お咲《さき》とお藤《ふじ》という姉妹から、〈智《ち》〉と〈忠《ちゅう》〉の宝珠《ほうじゅ》を入手した。

田口峠《たぐちとうげ》で事件が解決してから、京四郎は感謝をこめて、その姉妹を二日二晩も可愛がってから、小諸宿《こもろ》を発《た》った。

そして、下諏訪《しもすわ》宿から甲州街道《こうしゅうかいどう》へ入った京四郎は、甲府《こうふ》へと向かったのである。

信濃国諏訪郡《しなののくにすわごおり》の上諏訪宿から金沢《かなざわ》宿を過ぎて、富士見峠《ふじみとうげ》に差しかかった時には、空は晴れ渡っていた。

道中記《どうちゅうき》に「此所南に方へふ二山よく見へる所なり」と書かれているように、その峠からは、山並みの向こうに雄大な富士《ふじ》の姿が見えた。

木花之佐久夜比売《このはなのさくやびめ》が御座《おわ》す霊山《れいざん》にふさわしい、気高《けだか》い美しさである。

京四郎は、八つの宝珠を集める使命が無事に果たせるように——と、頭を垂《た》れて富士の山に祈った。

そして、北側の八ケ岳《やつがたけ》を眺めながら坂道を下り始めると、左右の木立から霧が湧《わ》き出してきたのである。

金沢宿から蔦木宿までは、三里《り》四町《ちょう》ほどだ。しかし、歩いても歩いても、蔦木宿に着かないのである。

それどころか、下り坂の途中にあるはずの一里塚にさえ、辿《たど》りつけない。そして、他の旅人の姿も、全く見えなかった。

（もしや、霧で見誤って、いつの間にか、脇街道へ入ってしまったのだろうか）

京四郎がそう考えた時、風もないのに、前方の霧の壁が、ふわりと左右へ流れた。まるで、白い幕《まく》を開いたかのように、その向こうの景色が見えてくる。

やれやれ、有り難い——と、ほっとしたのも束《つか》の間《ま》、

「む……」

思わず、京四郎は足を止めた。

富士見峠に立った時は、まだ、未《み》の上刻《じょうこく》——午後一時くらいだったはずだ。

ところが、信じられないことに、霧が晴れてみると、すでに日が落ちて、暗くなっていたのである。

夜更《よふ》けであった。細い月の光に照らされて深閑《しんかん》とした山間《やまあい》の村の入口に、京四郎は立っていた。

段々畑の間に、三、四十ほどの農家が点在している。

どの家も、板屋根に大きな石を幾つも乗せていた。灯《ひ》がともっている家はない。

後ろを向いてみると、山道は深い樹林の奥へ呑《の》みこまれている。ここがどこなのか、見当もつかなかった。

京四郎は、手近な家に近づいて、板戸を叩《たた》いた。

「御免《ごめん》——旅の者だが、ちとものを尋《たず》ねたい」

だが、家の中から返事はなかった。しかし、人の気配はするのだ。

「怪しい者ではない。道を教えて貰いたいのだ」

そう呼びかけたが、やはり、板戸は開かれなかった。

もっとも、見知らぬ他所者《よそもの》が「怪しい者ではない」と言ったところで、とても信用はできないだろう。

「ん……」

京四郎は、眉《まゆ》をひそめた。

板戸の脇に、半紙が一枚、貼《は》りつけてあったからだ。

半紙の真ん中に大きな円が描かれ、その中に大きい黒丸がある。四隅には、梵《ぼん》字《じ》が書かれていた。

魔除《まよ》けか何かであろうか。

その家から離れた京四郎は、別の農家の板戸を叩いてみた。

しかし、その家も、人の気配はあるのに、返事すらなかった。そして、戸口には、例の魔除けらしい紙が貼ってある。

それから、京四郎は、三、四軒の家をまわってみたが、やはり板戸は開かれず、どの家にも例の紙が貼ってあった。

無論、京四郎が板戸を力ずくで開くことは、容易《たやす》い。だが、それでは、押しこみ強盗と同じになってしまう。

もしも、彼を盗賊と判断した村人たちが、鋤《すき》や鍬《くわ》を持ち血相を変えて襲いかかってきたら、いくら出雲京四郎でも、怪我《けが》をさせずに事態を収めることは難しい。

だから、京四郎は、無理に板戸をこじ開けるような真似《まね》はしなかった。

(仕方がない……)

この村を通り抜けて、夜旅をするか——と、山道の向こうに目を向けた京四郎は、村を見下ろす高台に屋敷があるのに気づいた。

その屋敷は、庭の石灯籠《いしどうろう》に灯がともっている。この村の名主《なぬし》の住まいであろうか。

京四郎は、その屋敷へ通じる坂道を上った。正面に立派な長屋門《ながやもん》があり、塀《へい》が巡《めぐ》らされている。夜更けだが、門は開かれていて、母屋《おもや》が見えた。

母屋の屋根は茅葺《かやぶ》きで、両端が瓦《かわら》葺きになっている。母屋の脇には、土蔵があった。

建てられてから、百年以上は経っているようだ。名主の屋敷というよりも、昔の豪族の館《やかた》のようであった。

長屋門には、例の魔除けの紙は貼っていない。

京四郎は、長屋門を潜《くぐ》り、母屋の玄関に入った。

広敷には、竹林と虎の透かし彫りがある衝立《ついたて》が立ててあった。

御免《ごめん》──と京四郎が言おうとした時、廊下の奥から足音も立てずに出てきた者がいた。
十七、八の素朴な顔立ちをした娘で、切り下げ髪をしている。女中のような質素な身形であった。
その娘は、広敷《ひろしき》に座ると頭を下げて、

「よう、お越しくだされました。主人が御挨拶《ごあいさつ》をしたいと申しておりますので、どうぞ、お上がりくださいまし」

二

「──真女児《まなこ》と申します」

居間で、そう名乗った女は、二十一、二と見える。

こんな山奥には珍しい、臈長《ろうた》けた美貌《びぼう》の持ち主であった。絹のような黒髪は結《ゆ》わずに、腰まで垂《た》らしている。煌《きら》びやかな衣《ころも》は、遠山摺《とおやまずり》であった。

「父は、この三輪村《みわむら》の名主《なぬし》を務めておりましたが、今年の春に急な病《やまい》で身罷《みまか》りました。後を継いだ一人娘のわたくしが、若過ぎて頼りないとみたのか、奉公人も一人去り、二人去り…残ってくれたのは、この忠義なまろやだけでございます」

真女児は、寂しげに微笑んだ。脇に控えている女中のまろやは、主人のその様子が労《いたわ》しいのか、顔を伏せる。

「それは、苦労の多いことでしょう。ところで、村人たちの家に貼ってある紙は、何ですかな」

床の間を背に座った出雲京四郎は、尋ねた。

「ああ、蛇眼図《じゃがんず》でございますか」

真女児は、困った表情になる。

「蛇眼図……」

「江戸の方は一笑に付されましょうが、このような山奥に住む者は大層、迷信深いもので……この辺りは蛇の多い土地ですが、年に一度、蛇姫《へびひめ》という妖《あやかし》が子供を喰《くら》いにやってくる——という言い伝えがあるのでございます」

憂い顔で、真女児は説明した。

「実は、今夜が、その蛇姫の来る夜なので」

大きな円の中に黒丸を描いた蛇眼図を戸口に貼っておくと、蛇姫は、人間ではなく蛇の家だと勘違いして、通り過ぎてしまう——という謂《いわ》れがあるだった。

「なるほど。それで、どの家も、頑《かたく》なに戸を開かなかったわけだ」

男の声であっても、蛇姫の使いと思って、村人たちは京四郎を怖れたのかも知れない。

「申し訳ございません。明日、村の者を叱《しか》っておきますので、お許しくださいまし」

真女児は頭を下げた。

「いや、それは無用に。そんな夜とは知らずに、この村に迷いこんだ私の方にこそ、非があるのだから」

「まあ」

袖口《そでぐち》で口元を隠して、真女児は微笑した。京四郎の心遣いが、嬉しかったのだろう。

「出雲様。この屋敷の裏手に、岩風呂《いわぶろ》がございます。まろやが酒肴《しゅこう》の支度《したく》をします間、汗を流されては如何《いかが》ですか」

「では、お言葉に甘えて――」

あの霧が軀《からだ》に染みついたようで、京四郎は、何やら肌がべとつくような気がしていたから、風呂の勧めは有り難かった。

信州や甲州は、昔から温泉の多い土地であった。

野沢《のざわ》の湯は霊泉として知られているし、韮崎《にらさき》の御座石《ございし》の湯は疝癪《せんしゃく》に効くという評判であった。また、向嶽寺《こうがくじ》の塩山《えんざん》の湯は、冷え性に効能ありといわれている。

まろやの案内で、京四郎は、板で囲われた岩風呂の脇の脱衣所に入った。

そこで衣服を脱ぐと、宝珠を納めた天鵞絨《びろうど》の巾着《きんちゃく》と村雨丸《むらさめまる》を持って、脱衣所から岩風呂へ出た。

巾着と大刀《だいとう》を手の届くところに置いて、京四郎は湯に入る。左手首には、水晶の数珠《じゅず》を巻いたままだ。

見上げると、湯気が薄雲のようにたなびく、星空が美しい。

肩まで湯に浸かって目を閉じると、全身から疲労が溶け出てゆくような気がした。

「……」

ふと、京四郎は目を開いた。人の気配を感じたからだ。

脱衣所から、静かに出てきた者がある。真女児であった。

一糸纏《まと》わぬ細身の白い裸身は、この世の者とは思えぬほど美しい。きめこまかい肌は、ぬめるようであった。

乳房は豊かだ。秘部は無毛で、その亀裂《きれつ》は、熟《う》れた石榴《ざくろ》の実のように真っ赤である。

「ご一緒させていただいても、よろしゅうございますか」

艶美《えんび》な笑みを浮かべて、真女児が言う。

京四郎が無言で場所を譲ると、真女児は後ろ向きになって、下腹部に湯をかける。そして、男の脇に滑りこんだ

「はしたない女だと軽蔑《けいべつ》なさらないで……」

濡《ぬ》れたような声で、真女児は言った。

「そんなことはない」

「では、一夜のお情けをくださいますか」

真女児は、情熱的に唇を押しつけてきた。

京四郎は全身の血が滾《たぎ》るような想いで、真女児を抱きしめ、その甘い唇を貪《むさぼ》った。

自分でも驚くほど、下半身が昂《たか》ぶっている。

その猛《たけ》り立ったものが、真女児の太腿《ふともも》に触れた。

「あら……このように逞《たくま》しくなられて」

真女児は、岩場に腰かけるように――と言った。

京四郎は、言われた通りにする。

股間《こかん》の凶器は、力を漲《みなぎ》らせて急角度で天を指していた。長さも太さも硬さも、人並み外れた巨根であった。

湯に浸かっている真女児は、京四郎の両足の間に入ると、その男根に唇を寄せる。

咥《くわ》えた。

茄子《なすび》色の巨砲の半ばまで含んで、真女児は、秘めやかに舌を使う。

自在に蠢《うごめ》く舌先の愛撫《あいぶ》は、これまでに味わったことのない快感を、京四郎にもたらした。

「うふ……巨《おお》きすぎるほど巨きな御破勢《おはせ》ですのね」

男根から口を離して、真女児は、うっとりとした表情で言った。

御破勢とは、男根の上品な呼称である。

湯の中から立ち上がった真女児は、大胆にも、京四郎の膝を跨《また》いだ。そして、静かに腰を下ろす。

京四郎は、美女の唾液《だえき》で濡れた巨根を右手で摑《つか》むと、真下から彼女の赤い亀裂を貫いた。

「おおォォ……っ」

真女児は仰《の》けぞった。

長大な肉の鑓《やり》が、その根元まで女壺《にょつぼ》に没入する。

そして、京四郎は、力強く突き上げた。

「ひイ、ひィイっ……」

男の首に諸腕をまわして、真女児は、悲鳴とも悦声ともつかぬ、か細い喘《あえ》ぎを洩《も》らす。

女体に対する気遣いも忘れて、丸い臀肉《しりにく》を鷲《わし》づかみにした京四郎は、荒々しく突きまくった。

真女児の肉襞《にくひだ》の味は素晴らしく、快感のあまり、腰が蕩《とろ》けそうである。

止《と》どめの一撃を叩きこむと、京四郎は男の精を夥《おびただ》しく放った。無限に吐精が続くかのようであった。

絶頂に達した真女児も、蜜壺を不規則に痙攣《けいれん》させて、ぐったりとしてしまう。

「……あのまま、死んでしまうかと思いました」

羞《はず》かしそうに目を開いて、真女児は言う。

「どうぞ、夜が明けるまで、わたくしを可愛がってくださいまし」

「うむ。寝かせぬぞ」

京四郎は、女の唇を吸おうとした——その時、母屋の方から、けたたましい悲鳴が聞こえた。

まろやの悲鳴であった。

三

「おお、何という光景だ……」

身繕《みづくろ》いをして母屋に駆けつけた京四郎は、まろやの指さす方を見て、驚愕《きょうがく》した。

月光の下で、長屋門の向こうの坂道が、不気味にうねっている。

いや、地震ではない。大小の蛇の大群が、この屋敷に向かって押し寄せてくるのだ。

蝮《まむし》もいる、青大将《あおだいしょう》も、山楝蛇《やまかがし》も、縞蛇《しま》もいる。あらゆる種類の蛇どもが蠢き、その鱗《うろこ》が、月の光を反射しているのだった。

その数は数百、いや、数千にもなるのではないか。周囲には、生ぐさい蛇のにおいが充満している。

「まさか、あれが蛇姫なのか」

京四郎は村雨丸の柄《つか》に右手をかけたが、しかし、刀で斬《き》り捨てるには相手の数が多すぎるのだ。

「まろやっ」

遅れてきた真女児が、女中に命じた。

「あの瓶《かめ》の中身を、柄杓《ひしゃく》で撒《ま》くのです。早くっ」

玄関の三和土《たたき》の隅に、素焼きの大きな瓶がある。ぶ厚い木の蓋《ふた》が口に嵌《は》められて、白い紙で封印がしてあった。その蓋の上に、柄杓が載《の》っている。

「でも、お嬢様……」

まろやは、泣きそうな顔になっている。

「わたくしの言うことが、聞けぬのですか」

「瓶の中身は、何だ」

真女児に向かって、京四郎が訊《き》いた。

いる。

「藍玉《あいだま》の屑《くず》と煙草《たばこ》の煮汁で、蛇が最も苦手《にがて》とするものです」

藍の染料に含まれるインディガンや煙草のニコチンを、蛇類は嫌うと言われて

「よし、私がやろう」

京四郎は、封印を破って、その瓶の蓋を取った。強烈なにおいが立ちこめる。

「う……」

真女児とまろやは、あわてて、袖《そで》で鼻先を隠した。

柄杓を口に咥えて、京四郎は瓶を両腕でかかえ上げる。そして、長屋門のところへ駆けた。

地面に瓶を置くと、中身の青茶色の煮汁を、柄杓で掬《すく》う。

長屋門の内側へ侵入していた蛇の群れに、京四郎は、煮汁を浴びせかけた。

蛇どもは、弾《はじ》かれたように後退した。我先にと、長屋門の外へ逃《のが》れる。

京四郎は長屋門から出て、外に蠢く無数の蛇に煮汁をかけまくった。数千の蛇どもが、無言の悲鳴を上げながら、逃げ惑う。

ついに、屋敷に押し寄せていた蛇の群れは、全て逃げ去った。

その代わり、長屋門の周囲は、煮汁の強いにおいで、むせ返るようであった。

ほぼ空《から》になった瓶をかかえて、京四郎は玄関へ戻った。

「もう大丈夫だ」

衝立の蔭に隠れている真女児とまろやに、京四郎は言った。

「あ、有り難うございます、京四郎様……」

袖で顔の下半分を覆ったまま、真女児は礼を言う。

京四郎は、自分も煮汁の跳《は》ねを浴びて、ひどいにおいになっていることに、気づいた。

「これは、すまぬ」

京四郎は苦笑した。

「もう一度、風呂に入るとしよう――」

四

「……………？」

出雲京四郎は、目を開いた。

京四郎は全裸で、板の間に仰向《あおむ》けに横たわっている。そして、四肢《しし》が拘束《こうそく》されているので、動けない。

「おう……おああァ」

女の悦声が聞こえる。見ると、これも全裸の真女児が、彼の腰の上にしゃがみこんでいた。

真女児は淫らに臀を振り、乳房を揺らしながら、京四郎の屹立《きつりつ》した巨根がもたらす快楽を、夢中で貪っているのであった。

「これは堪《たま》らぬ……わらわの御秘女《おひめ》を石の地蔵で貫かれているようじゃっ」

御秘女とは、女性器の上品な呼び方だ。

しとやかさも上品さも掻《か》き消えて、真女児は、浅ましいほど肉欲に溺《おぼ》れ狂う表情になっている。

ぬちゅ、ぴちゃっ、ぬちゅっ……と、そそり立つ肉柱と濡れそぼった女壺が、激しく摩擦される卑猥《ひわい》な音がして、白く泡だった愛汁《あいじゅう》が飛び散っていた。

そこは、広い板張りの部屋だ。大の字にされた京四郎の両手首と両足首は、黒い綱《つな》で四方の柱に繋《つな》がれている。

よく見ると、その黒い綱は、長い人間の髪を編んだものであった。おそらく、女人《にょにん》の髪の毛であろう。

——藍と煙草の煮汁で蛇の大群を追い払って、岩風呂に入り直した京四郎が、居間で、真女児の酌《しゃく》で酒を飲んだところまでは覚えている。

だが、それから先がわからない。

気がつくと、京四郎は虜《とりこ》となり、淫乱な真女児に弄《もてあそ》ばれている最中なのであった。彼が口にした酒に、何か薬が混入されていたのだろう。

部屋の隅には、まろやかが無表情で控えている。その脇には三方《さんぽう》があり、五つの宝珠と水晶の数珠が載っていた。

「そなたたちは……魔性の者か」

京四郎は、苦い声で言った。

「奉魔衆《ほうましゅう》の手先なのか」

「そのような者は、知らぬっ」

騎乗位で腰を振りながら、真女児は嗤《わら》った。

「わらわは、数百年の昔からこの地に棲《す》む蛇姫じゃ」

三輪村の名主の一人娘だと言った真女児こそが、伝説の女怪・蛇姫であったのだ。

「そなたが蛇姫なら、先ほどの蛇群は何だ」

「ふふ……あれは、山向こうに住む蛇爺《へびじい》の手の者よ」

腰の動きを止めて、真女児――蛇姫は言う。

「わらわと同じように、そなたの持つ宝珠の霊力に惹《ひ》かれて、やってきたのじゃ」

この蛇姫は、出雲京四郎の持つ五つの宝珠を奪い取ろうと考えた。それで、霧を操《あやつ》って、京四郎をこの地まで導いたのである。

そして、己《おの》れの肉体で京四郎を籠絡《ろうらく》して、宝珠を奪おうとした時に、蛇爺の手下が押し寄せてきたというわけだ。

真女児とまろやが、藍と煙草の煮汁のにおいを嫌ったのも、彼女たち自身が魔性の存在だったからである。

「人が用意した蛇除けの煮汁で、蛇爺の手下どもを撃退できて、幸いであった……彼奴《きゃつ》と妖力で闘えば、わらわも無傷ではすまぬからのう」

「宝珠を奪って、何とする。そなたたちには無用のものだ」

「愚かなことを」蛇姫は嘲笑する。

「これほどの徳がこめられた宝珠なら、わらわを五百年も千年も生かしてくれるであろうよ」

里見家《さとみけ》の伏姫《ふせひめ》の体内から飛び出したという八つの宝珠には、妖をも惹《ひ》きつける尊い霊力が備わっているのだろう。

「もう少しで、逝《い》くぞ」

蛇姫は、臀の動きを再開した。女怪の肉襞の絶妙な味わいに、京四郎は、己れの意志とは無関係に、爆発的に吐精してしまう。

「んあっ……アァっ！」

自分も絶頂に達した蛇姫は、前に倒れて、男の分厚い胸に顔を伏せた。

しばらく休んで、呼吸を整えてから、

「──まろや」

蛇姫は、気怠《けだる》げな口調で言う。

「三方を持て」

まろやは、三方を両手で持って、静かに立ち上がった。そして、全裸の蛇姫の脇に来て、三方を差し出す。

「ふぅむ……」

少し考えてから、蛇姫は、細い指で〈孝《こう》〉の宝珠を摘まみ上げた。

「京四郎。そなたが最初に手に入れたのは、この珠《たま》であろう」

「ぬぬ……」

為《な》す術《すべ》もなく、京四郎は女怪を睨《にら》みつける。

「まずは、これを――」

宝珠を高く掲げると、上向きになった蛇姫の口が、文字通り、耳まで裂けた。

そして、長い舌を閃《ひらめ》かせると、宝珠を捕らえて呑みこんでしまう。

「おおっ」

五体を震わせた蛇姫の白い肌に、ざわっと不気味な鱗の形が浮かび出た。そして、すぐに、その形は消える。

「むむ……霊力が強大過ぎて、わらわの腸《はらわた》が揉《も》み上げられるようじゃ」

蛇姫は結合を解《と》いて、立ち上がった。

「まろや。京四郎の後始末をしておやり」

股間から内腿《うちもも》に、聖液が垂れ落ちるのにもかまわずに、

「少し休んでから、また、精を搾《しぼ》り取ってやろう」

そう言って、全裸の蛇姫は、板張りの部屋を出てゆく。

「……」

残ったまろやは、京四郎の両足の間に座った。

大量の精を放ったにもかかわらず、ほとんど硬度が衰えていない巨大な男根に

目をやって、

「浄《きよ》めさせていただます」

まろやは、男の股間に顔を伏せる。唇と舌で、丁寧に男根の愛汁と聖液を舐《な》め取った。根元の玉袋まで、舐めまわす。

献身的なほどの舌使いの刺激によって、びくっ、びくんっ……と、巨根が独立した生きもののように身震いした。

それを、じっと見つめていたまろやの目の奥に、何か炎のようなものが揺らめいた。

「お武家様」

茄子色の剛根に両手の指を絡《から》ませて、まろやは言う。

「その髪綱の縛《いまし》めを解いたら……まろやを抱いていただけますか」

五

「なに……」

出雲京四郎は、まろやの顔を見つめた。騙《だま》そうとしているようには見えない。

「そなたは、あの主人を裏切るというのか」

その問いには答えず、まろやは立ち上がった。

境の板戸を開いて、隣の座敷へ入る。すぐに、袂《たもと》でくるんだ村雨丸を持って、こちらの部屋へ戻ってきた。

そして、まろやは、すらりと抜刀する。

「邪念に満ちた髪綱ですが、この鎌倉公方《かまくらくぼう》の宝刀ならば……」

村雨丸の切っ先を、京四郎の右手首を拘束している髪綱にあてがった。すると、それだけで、ぷつんっと音を立てて髪綱が切れてしまう。

「おおっ」

右手が自由になった京四郎は、まろやから刀を受け取ると、左手の髪綱も切断する。そして、両足の髪綱も斬った。

すぐに立ち上がって、蛇姫の部屋へ行こうとした京四郎だが、まろやの視線に気づいて、立ち止まる。

村雨丸を鞘《さや》に戻すと、京四郎は、まろやの前に座った。

「そなた、私に抱いて欲しいのだな」

「はい……」

まろやは、幼女のように、こくんと頷《うなず》いた。

「よし。約束は守るぞ」

京四郎は、まろやを横たえると、着物の裾前を開いた。

薄桃色の亀裂は、淡い恥毛で飾られている。

その女華には、すでに透明な露《つゆ》が宿っていた。

臨戦態勢の男根を右手で摑むと、京四郎は、まろやに覆いかぶさる。

濡れそぼった亀裂を、巨根の先端で愛撫すると、さらに愛汁が湧き出してきた。

たっぷりと秘蜜をまぶした玉冠部を、女門にあてがうと、一気に貫く。

「……………アァァっ」

まろやは、生娘《きむすめ》であった。純潔の肉扉を剛根で引き裂かれて、思わず仰けぞる。

京四郎は、相手の軀を労《いたわ》りながら、穏やかに抽送《ちゅうそう》を開始した。

早く蛇姫を討つべきであることはわかっているし、まろやとの媾合《こうごう》の最中に蛇姫に襲われたら、圧倒的に不利である。

しかし、たとえ妖《あやかし》の娘が相手であっても、命を救われた恩は忘れてはならない、抱いてやるという約束も守らなければならない――それが、出雲京四郎の信念であった。

「あひ、あひ……」

固く目を閉じたまろやは、可愛らしい喘ぎ声を洩らす。破華《はか》の苦痛を乗り越えて、明らかに、快楽を感じているのであった。

その初々《ういうい》しい肉襞が、健気《けなげ》に男根を締めつけている。

「辛くはないか、まろや」

優しく、京四郎が尋ねる。

「いいえ……ただ、勿体《もったい》なくて、嬉しいばかりで……」

目の縁に涙を滲《にじ》ませて、まろやは言った。

「お武家様、もっと……もっと犯してくださいまし」

「京四郎と呼ぶがいい」

「え」まろやは戸惑いながら、

「京四郎…様……京四郎様の立派なもので、まろやを突き殺してくださいな」

「愛《う》い奴……」

京四郎は、まろやに唇を重ねた。そして、相手の舌を吸う。

まろやは、夢中で舌を絡めてきた。情熱的に、男の唾液を飲みこんだ。

背後に用心しながら、京四郎は、さらに腰の律動を速めた。そして、妖の娘を女悦《にょえつ》の頂点に送りこむ。

まろやは背中を弓なりにして、達した。その新鮮な女壺の奥に、京四郎は、白濁した溶岩流を叩きこんだ。

まろやが落ち着くのを待って、そっと結合を解く。

すると、妖の娘は、濡れた男根を咥えた。己れの破華の鮮血が混じった聖液を、美味《おい》しそうに舐め取り、浄める。

「そなたは、ここで待っておれ。私の姿を見たら、そなたが裏切ったことは、わかってしまうからな」

隣の座敷にあった衣服を身につけて、京四郎は、まろやに言った。四個の宝珠は、元の通り、天鵞絨の巾着に収めて、懐《ふところ》に入れている。

廊下へ出た京四郎は、まろやに教えられた通りに、蛇姫の寝所へ向かった。

六

二本の燭台《しょくだい》が立てられた寝所に、夜具が敷かれている。上掛けに覆われて、蛇姫の姿は見えない。

「……」

出雲京四郎は、音もなく村雨丸を抜き放った。

刀を逆手に構えると、上掛けに向かって突き立てようとする。

その瞬間、上掛けが、ぱっと撥《は》ねのけられた。

「むっ」

京四郎が脇へ跳《と》ぶのと、上掛けが真っ二つに切り裂かれるのが、ほぼ同時であった。

「まろや……主人に仇為《あだな》すとは、不忠者め。後で、八つ裂きにしてくれる」

そう言った全裸の真女児は、下半身が蛇体と化していた。白蛇の化身である。

蛇体に石榴色の女器が剝《む》き出しになっているのが、不気味であり、扇情的《せんじょうてき》でもあった。

両手の鋭い爪が、三寸も伸びていた。上掛けを切断したのは、この爪である。

口は大きく裂けて、牙が剝き出しとなり、両眼は金色に光っていた。

「それが、そなたの本性だな」

村雨丸を脇構えにして、京四郎は言った。

「妖力が衰えて、長い間、この村に閉じこめられていたが……宝珠のおかげで復活したのじゃ」

邪悪な表情で、蛇姫は嗤った。

「残りの宝珠も全て呑みこみ、信州中の童《わらべ》という童を、残らず喰い尽《つ》くしてくれようぞ」

「そのような非道は、この出雲京四郎が許さぬ！」

京四郎は、蛇姫に斬りかかった。

蛇姫は左手の爪で、その刃を受け止める。同時に、右手の爪で、相手の胴部を切り裂こうとした。

が、京四郎が左の逆手で抜いた脇差が、その爪を阻止する。互いに、相手の武器を封じた格好だ。

だが、蛇姫は、

「かァっ」

大きく口を開けて、京四郎の首筋に嚙《か》みつこうとする。

両手が塞《ふさ》がっている京四郎は、その牙を避ける手段がなかった。

その時——寝所に飛びこんできたまろやが、蛇姫の顔面に爪を突き立てた。

「ぎゃあっ」

悲鳴を上げた蛇姫が、左手の爪で、まろやの胸を切り裂いた。

その隙《すき》を逃さず、京四郎は、村雨丸で蛇姫の喉を貫く。

「～～～っ!!」

形容しがたい絶叫を迸《ほとばし》らせて、蛇姫の真女児は仰けぞった。

その軀が、白い砂粒のようになって、もろくも崩れ去る。砂粒の山の中に、〈孝〉の宝珠だけが残った。

「まろや、しっかりせよっ」

納刀した京四郎は、血まみれのまろやを抱き起こした。

「今、血止めをしてやるからな」

「ふ、ふ……妖に手当をしてくださろうなどと、優しすぎる京四郎様」

まろやは、弱々しく微笑んだ。

「わたしは、かつて、この蛇姫に捧げられた…生贄《いけにえ》……その妖力を受けて、これまで生きながらえてきました。でも……これで、ようやく死ねます」

「馬鹿を申すな。蛇姫は死んだ。そなたは、人として生きるのだ」

京四郎は、まろやを揺する。

「こんな優しい人に、女にしていただいて……まろやは果報者です……」

呟くように言ったまろやの軀は、薄桃色の砂粒と化して、崩れた。

「まろや……」

二度も命を助けてくれた半妖の娘の最期を看取《みと》って、京四郎は肩を落とした。

それから、宝珠を拾って巾着に収める。

と、周囲の襖や障子が倒れて、四方から濃厚な霧が押し寄せてきた。

「お……？」

立ち上がる暇もなく、京四郎は、意識を失ってしまう――。

「これ、お武家様。どうなさいました」

袂を引かれて、出雲京四郎は目覚めた。

彼の目に映ったのは、心配そうな顔つきをした白髪《しらが》頭の老爺《ろうや》である。

「……ここは？」

明るい陽射しの下、京四郎は大きな石にもたれかかって、座りこんでいたのであった。

「敬冠院《けいかんいん》の境内《けいだい》でございますよ」

「敬冠院……」

「蔦木宿の近くで、わしは、街道の茶屋の親爺《おやじ》でございます。御酒《ごしゅ》でも召し上がられましたか」

この老爺は、酔っ払った浪人者《ろうにん》が、うっかり眠りこんだと思ったのだろう。

「いや、そうではない」

ゆっくりと立ち上がった京四郎は、まず、懐中を改める。天鵞絨の巾着の中に五個の宝珠が光っていたので、京四郎は安心した。

「今は何刻《なんどき》だろう」

「さて、未の中刻くらいでございますかな」

未の中刻――午後二時である。

すると、富士見坂を下りる途中で霧に巻かれてから、半刻――一時間ほどしか経っていないことになる。無論、今は深夜ではなく、昼間であった。

するど、あの蛇姫の村での怪事は、何であったのか。

「ここは、富士見坂の近くかな」

「いえ」

老爺は頭《かぶり》を振って、

「富士見坂は、蔦木の宿場の向こうでございますよ。この敬冠院から南へ下ると国界橋《こっかいばし》で、そこが信州と甲州の国境《くにざかい》ですな。その先にお留番所《とめばんしょ》があり、そのまた先が、教来石《きょうらいし》の宿になります」

詳しく教えてくれた。

「ふうむ……この辺りに、三輪という村はあるだろうか」

「さあ、聞いたことがございませんなあ」

申し訳なさそうに、老爺は言う。

蛇姫の伝説についても尋ねようと思ったが、京四郎は口に出すのをやめた。

夢ではない。蛇姫という女怪によって、この世ならざる場所に連れこまれたが、まろやの犠牲によって、出雲京四郎は救われたのだろう。

「――これは大きな石だな」

自分がもたれかかっていた石を見て、京四郎は言った。

高さは八尺《しゃく》くらい、周囲はその倍以上もあるだろう。蔦の絡まる石の上には、祠《ほこら》が載っている。

「日蓮《にちれん》お上人様《しょうにんさま》の高座石でございますよ」

自慢げに、老爺は説明する。

文永《ぶんえい》年間――日蓮上人は、この蔦木郷に立ち寄った時、村人たちが疫病に苦しんでいることを知り、この石の上で三日三晩、加持祈祷《かじきとう》を行った。

その霊験《れいげん》によって、村人たちは悪疫から救われ、日蓮宗に帰依《きえ》した。後に、この石の脇に御堂が建てられ、敬冠院と呼ばれるようになったのである……。

蛇姫の妖力が消えた後、京四郎は、異界からこの高座石のある場所へ、放り出されたのであろうか。それも、日蓮上人の霊験というべきか。

「それは、罰当《ばちあ》たりなことをしてしまった」

京四郎は両手を合わせて、高座石に頭を下げる。そして、まろやの冥福《めいふく》を祈った。

「――では、そなたの店で、少し休ませて貰おうか」

「はい、はい。こちらでございますよ」

老爺は、街道の方へ歩き出した。

出雲京四郎は、まろやの最期の微笑を思い浮かべながら、老爺の後を追った。

それから、半月ほどが過ぎて――今にも雨が降り出しそうなどんよりとした空の下、北の方から甲州街道を歩いてきた少年が、老爺の掛け茶屋に入った。

その少年は、濃紺の腹掛けに白い木股《きまた》を穿《は》き、半纏《はんてん》を引っかけて、脚絆《きゃはん》を付けていた。風呂敷包みを、背中に斜めに背負っている。

笠《かさ》を取って、茶と団子を頼む。

月代《さかやき》を伸ばし、小さな髷《まげ》を結っている。その髪は、茶色っぽい癖《くせ》っ毛《け》であった。可愛らしい顔立ちをしている。それも当然で、この少年は、男装をした娘なのだ。

名を、朱桃《すもも》という。

「爺さん、ちょっと訊くけどさあ――」

茶と団子を運んできた老爺に、あまり期待していない口調で、朱桃は話しかけた。

「鮫小紋《さめこもん》の着流し姿、えらく男っぷりのいい若い御浪人《ごろうにん》て、見たことないよね」

「さて、ね」

老爺は首を傾《かし》げて、

「ひょっとしたら、左の手に水晶の数珠を巻いた…」

「それだっ」

朱桃は、弾かれたように立ち上がった。

「間違いなく、京四郎様だ。どっちへ行った、京四郎様はっ」

摑みかからんばかりの勢いに、老爺は困惑しながら、

「へえ。教来石の方へ……」

街道の南を指さす。

「よしっ」

代金を縁台《えんだい》に叩きつけるように置くと、茶にも団子にも手を付けずに、朱桃は店から飛び出した。

「あ、でも……それは半月前のことなんだが……」

呟きながら、老爺は、唖然《あぜん》として立ち尽くす。

(京四郎様に逢《あ》える、京四郎様に、また逢えるっ！)

手に笠を待ったまま、男装娘の朱桃は、頰《ほお》を歓喜に輝かせて、街道を飛ぶように駆けて行くのだった。

あとがき

この『妖華八犬伝《ようかはっけんでん》』は、学研M文庫で『艶色美女《えんしょくびじょ》ちぎり／八犬女宝珠《はっけんにょほうじゅ》乱《みだ》れ咲《ざ》き』のタイトルで刊行されていた作品を上下二巻に分けて、加筆修正を加え、さらに書き下ろしの番外篇を収録したものです。

上巻が、この『天《てん》の巻《まき》』で、来月刊行の下巻は『地《ち》の巻《まき》』となります。

この作品の成り立ちについては、詳しく説明した学研M文庫版の「あとがき」が、下巻に収録されるので、そちらをお読みになってください。

さて、この上巻のために、新たに書き下ろした番外篇のタイトルが、『蛇性《じゃせい》の婬《いん》』。

江戸時代の国学者で読本作家の上田秋成《うえだあきなり》の代表作である『雨月物語《うげつものがたり》』の中の一篇（巻之四）から、タイトルとイメージを拝借しました。

昭和二十七年のヴェネチア国際映画祭で、サン・マルコ銀獅子賞を受賞した溝口健二《みぞぐちけんじ》監督の『雨月物語』（大映）は、巻之二の『浅茅《あさじ》が宿《やど》』をベースにして、この『蛇性の婬』を加えたストーリーです。

原作に登場する蛇の化身である〈真女児《まなご》〉は、映画では幽霊の〈若狭《わかさ》〉に、侍女の〈まろや〉は〈右近《うこん》〉となっています。

特筆すべきは、能面の若女《わかおんな》を思わせる京《きょう》マチ子《こ》の妖艶な美貌で、その衣《ころも》が蛇の鱗《うろこ》のように光る照明の当て方も素晴らしい。

故郷に妻子がいることを隠して、処女の若狭と一夜をともにした主人公を、毛《も》利菊枝《りきくえ》の演じる老侍女が詰《なじ》る場面は、原作にはない映画のオリジナルです。

そして、「幽霊の女にも貞操がある」という発想が面白かったので、これも番外篇のヒントになりました。

ところで、この『蛇性の婬』は、中国の民話を元にした『警世通言《けいせいつうげん》』の中の『白娘子永鎮雷峯塔《はくじょうしえいちんらいほうとう》』を、上田秋成が日本の風土に移植したものです。

同じく、この白蛇伝説を下敷きにしたのが、林房雄《はやしふさお》の『白夫人《びゃくふじん》の妖術《ようじゅつ》』。この小説は、昭和三十一年に東宝で、『白夫人《びゃくふじん》の妖恋《ようれん》』のタイトルで映画化されました。香港のショウ・ブラザースとの合作です。

クレジットタイトルでは、脚本の八住利雄《やすみとしお》の脇に、〈中国民話「白蛇傳《はくじゃでん》」林房雄作「白夫人の妖術」より〉と表示されます。

白蛇の化身である白娘《ぱいにゃん》を山口淑子《やまぐちよしこ》（李香蘭《りこうらん》）が演じ、原作では青魚の化身である青々は、青蛇の化身の小青《しょうせい》となりました。小青を演じたのは、宝塚歌劇の娘役出身の八千草薫《やちぐさかおる》です。原作の忠義な青々と違って、映画の小青は、かなりドライで活発な少女になりました。

自分を捨てた美男子の許仙《きょせん》を、どうしても憎み切れない純情な白娘に愛想をつかして、小青が最後には主人を見捨ててしまうという展開が、実にユニークです。私は前から、「白娘を捨てた小青は、あれから、どうなったのか」と色々と想像を巡らせていたのですが、今回の番外篇で、その答えの一つを書くことが出来ました。

このオールセットの映画では、特技監督である円谷英二《つぶらやえいじ》が、白娘の正体である白蛇を特撮で撮る予定でした。ところが、打ち合わせの時に本編の豊田四郎《とよだしろう》監督が発した不用意な一言《ひとこと》に、円谷さんが激怒。本編組と特撮組の仲は決裂して、結局、白蛇の場面は、本編組で撮ることになったのです。

生きた蛇に白い塗料を塗ったそうですが、実際の場面の出来上がりは、そんなに悪くありません。

ただ、私は一人の映画ファンとして、円谷さんが当時の特撮技術を存分に駆使した幻想的な白蛇を観られなかったのは、非常に残念ですね。

そんな想いもこめて、この番外篇『蛇性の婬』のクライマックスは、気合を入れて書いたつもりです。

十月刊行の下巻、『妖華八犬伝／地の巻』にも、趣向を凝《こ》らした番外篇を書き下ろすつもりですので、お楽しみに。

二〇一八年八月

鳴海　丈

本書は二〇一三年一二月に学研マーケティングから発売された『艶色美女ちぎり　八犬女宝珠乱れ咲き』を改題、加筆修正のうえ、新たに番外篇「蛇性の婬」を書き下ろしたものです。

特選
時代
小説

KOSAIDOBUNKO

妖華八犬伝《ようかはっけんでん》
天《てん》の巻《まき》

2018年10月1日　第1版第1刷

著者
鳴海《なるみ》 丈《たけし》

発行者
後藤高志

発行所
株式会社 廣済堂出版
〒101-0052 東京都千代田区神田小川町2-3-13 M&Cビル7F
電話◆03-6703-0964［編集］ 03-6703-0962［販売］ Fax◆03-6703-0963［販売］
振替00180-0-164137　http://www.kosaido-pub.co.jp

印刷所・製本所
株式会社 廣済堂

ISBN978-4-331-61677-2 C0193